重启人生

Starting Over

[日]三秋缒/著

[日]E9L/绘 洪于琇/译

百花洲文艺出版社
BAIHUAZHOU LITERATURE AND ART PRESS

It's been too long since we took the time

No–one's to blame, I know time flies so quickly

But when I see you darling

It's like we both are falling in love again

It'll be just like starting over, starting over

(Just Like) Starting Over

John Lennon

重启人生

Starting Over

[日]三秋缒/著
[日]E9L/绘　洪于琇/译

百花洲文艺出版社
BAIHUAZHOU LITERATURE AND ART PRESS

contents 目录

这是迎来二十岁生日的我，
回到十岁，
重新开始二十岁之前的人生的故事。

重启人生

Starting Over

重启人生

1

我接下来要说的故事，可能和你想象中的完全相反。

毕竟如果有机会带着二十岁的记忆回到十岁，重新开始人生，一般都会利用那份记忆，改变过去的种种事情吧。

每个人多多少少都曾悔不当初。有人后悔没有多读点书，也有人后悔当初没有好好地玩乐；有人后悔没有诚实地面对自己，也有人后悔没有认真地倾听他人之言；有人后悔没有趁早和某个人搞好关系，也有人后悔和某个人扯上关系；有人后悔没有更慎重地做出选择，也有人后悔没有更大胆地赌一把。

在还小的时候，因缘际会下，我曾和桥下的流浪汉聊了一个小时左右。他是一个开朗的男人，笑的时候整张脸都在用力。他看起来和后悔两个字完全扯不上关系，尽管如此，却也有一件追悔莫及的事。

“这五十年来，我唯一犯的错就是……”男人说道，“来到这个世界上。”

世上也有人这样后悔过。

总之，我想说的是，人生就是伴随着后悔。关于这一点，你应该大致同意吧。如果人生能修改，谁都想运用第一人生时的反省、教训和记忆，过上更加美好的第二人生吧，毕竟人生里总有后悔嘛。

可说到我所做的事情，却和上面所说的完全相反。不过，其实我也做过一些蠢事呢。

2

知道自己的人生倒转了十年时，我是这么想的——

为什么要做这么多余的事啊？

假设有人度过了无悔的一生吧。他应该是一个非常走运的家伙，否则就是愚蠢至极的大笨蛋。他要么过着不需要反省的完美人生，要么连反省人生的脑子都没有。

说来有点不好意思，我正是属于前者。我是一个幸运儿，打从心底喜欢自己的人生，毕竟我的人生真的没有瑕疵。我有最棒的恋人、朋友和家人，考上了一所还算不错的大学，并没有什么不足的地方。

活着实在太开心了，对我来说，每天要睡够六小时实在是一件痛苦得不得了的事。因为醒着的时候一定会有好事发生，所以我希望尽量减少睡觉的时间。我觉得睡觉是人生的一大损失。

我对自己的人生是如此满意，得到修改人生的机会只是在帮倒忙。这种机会应该留给那些对人生彻底感到绝望的人才对啊。应该有很多人觉得要是从十岁开始重启人生，就算只活到二十岁也无所谓吧？

所谓的机会，永远是留给那些不企求机会的人。老天爷就是爱唱反调。一打开电视看到屏幕上的那些人物，就会明白“人无完人”是一个天大的谎言。这样讲可能会遭天谴，但老天爷应该没有公平这一观念吧。

老天爷这种违背意愿的安排，让我突然想到这些无关紧要的事。我对自己的第一人生相当满意，没兴趣在第二人生里修改过去。

既然这样，我只要按照第一人生那样度过第二人生就好了吧。

我是这么想的。

我也是一个爱唱反调的家伙呢，在这方面不输给老天爷。不管是第一人生里犯下的过错还是错失的机会都好，我决定原封不动地重复一次。

我就是要让倒转十年这件事完全丧失意义。

虽然脑海里对将来发生的意外、灾害、危机和变化隐约有些印象，但我决定绝口不提，原因如下：第一，这种事一旦说出口就会没完没了；第二，世上已经有很多疯狂的家伙声称自己来自未来并且知道将来发生的事，别人不太可能相信我说的话，说不定还会把我送进精神病院。

虽然见死不救不对，但老实说，我觉得没必要为了他人着想而牺牲自己的幸福。世上的确有些人不排斥自我牺牲，但也是因为他们从牺牲的行为中获得的满足远大于失去的，依然是以自己的幸福为优先。

重要的是，对自己而言，什么才是最幸福的事。对我来说，幸福就是一成不变。我对第二人生唯一的期望就是完整地重现第一人生。像我这样回到过去却如此无欲无求的人实在太稀有了，真希望有人可以夸我一下。

3

我的第二人生正好从十岁那年的圣诞节开始。

我看到枕头旁边放了一个装着超级任天堂的纸袋，这才注意到这件事。十岁时，超级任天堂就是我梦寐以求的东西。

现在，超级任天堂听起来是一个很过时的名词，可在当时是最先进的玩具。第一次在朋友家里看到超级任天堂的时候，我极度震撼，心想世上居然有这么有趣的东西。别人难得为我端来点心，我却碰都没碰，只是着迷地看着超级任天堂的屏幕。

当时电视游戏机非常昂贵。而我的生日是十二月二十四日，正值平安夜。家里便将我的生日礼物和圣诞礼物合在一起买，所以我可以选择贵重一些的东西。

我拿出纸袋里的游戏机放在床上。它有着深灰色的机体和红蓝黄绿四个按钮。真的好怀念啊！我非常想玩，甚至把时光倒转这件事抛在脑后。过去的游戏有一种独特的魅力，由于内存容量受限，所有游戏效果必须控制在最小的范围内，这一点却让游戏整体显得非常诗意。

纸袋里还有游戏卡带，这也是理所当然的，毕竟只有主机的话，什么也做不了嘛。有趣的是，附带的卡带正好是一款穿梭于过去和未来的时间旅行游戏。

借用游戏的说法，我的人生就好比是New Game Plus。New Game Plus是指保有前一次通关的记忆和能力，再重复相同的攻关过程。如今我正是这种状态吧。

4

这么一来，你或许想问我从二十岁突然回到十岁的原理是什么，还有时间悖论如何如何等科幻小说里常有的无聊问题，但老实说，我对这种事没有兴趣。

就算提出再多假设，我也无法去证实。照理说，发生在我身上的是绝对不可能发生的事，就像二加二等于五一样。这样一来，思考问题的基准似乎就被打乱了。

剩下的可能性就是——我的脑子出了问题。说不定是十岁的我突然掌握了二十岁的知识，抑或是二十岁的我产生了回到十岁的幻觉吧。

其实我的脑子再正常不过了。这种时候会思考自己是否脑子有问题也情有可原，毕竟脑子真的有问题的人是不会注意到这件事的。

我只需在意今后该怎么做，只需想想在这种情况下该如何过上幸福的人生。

5

我用睡衣的袖子擦了擦起雾的窗户，然后望向窗外，一眼看到覆盖着白雪的昏暗住宅区。从天色来看，天气应该相当寒冷才对，小孩子的身体却暖乎乎的。就这一点来说，小孩子还真是厉害。

一大清早，外面空无一人，悄然无声。唯一在移动的只有空中以一定节奏落下的雪花，而我的呼吸声和衣服摩擦的轻微声响显得异常清楚。

我翻弄纸袋的声响似乎吵醒了睡在下铺的妹妹，床下传来她钻出被窝的声音。我抓着上铺的栏杆往下看，年仅七岁的妹妹就在那里。她正以惺忪的睡眼看着枕边的泰迪熊，慢了半拍才发出惊呼声。

妹妹的长发如泼了墨的细绢。她有一双浅色的大眼睛，嘴角总是微微上扬。我感到怀念，心想妹妹也有这种时候啊。这时的妹妹还不擅长运动，也非常怕生，总是喊着“哥哥，哥哥”，在我身后两米左右的地方追着跑。

或许可以说这是妹妹最可爱的时期吧。当然，十年后她依然是我的好妹妹，但随着年龄的增长，她渐渐不再依赖我。妹妹太能干也是一个问题。

我从上铺跳到地毯上，坐在妹妹的床边，对沉迷于泰迪熊的她说道:“哥哥从十年后回来了!”

妹妹睡得迷迷糊糊,笑着对我说:“欢迎回来……”

我莫名地喜欢妹妹的反应,一边胡乱摸着她的头发一边说着:“我回来了。”妹妹低着头,一句话也没说,微笑着摸了摸泰迪熊的头。十岁的我很少对她这样,所以她才觉得新奇,不知道该给出怎么样的反应吧。

我当时很想发表自己完美的想法,希望有人可以听听“彻底重现第一人生”这种特别的主意,而妹妹是非常合适的人选。反正她年纪还小,就算我说了什么,她应该也听不懂,马上就会忘得一干二净吧。

妹妹跪坐着,将泰迪熊放在膝盖上。我对她说道:“现在的我对今后自己将犯下的过错和真正应该做的事情一清二楚。说实话,从今往后我可以成为神童或有钱人。不,不只是这样,就算想当预言家或救世主,我都办得到……可是啊,我一点也不想改变。只要能过上和上次一样的人生,我就心满意足了。”

妹妹抱着泰迪熊,傻傻地看着我,诚实地答道:“我听不太懂。”

“也是。”我回应道。

6

这是迎来二十岁生日的我回到十岁，重新开始二十岁之前的人生的故事。

7

我想先说明一下，在重现第一人生这件事上，我丝毫没有妥协。

那是一条相当艰难的道路。我拥有二十岁的智慧与能力，却要接受十岁左右的教育。配合这个年龄段的孩子说话比想象中的困难，并且伴随着痛苦。在教室里听课时，我差点就抓狂了。

这样说或许不太合适，但我想一个正常人被放在精神病院里一定就是这种心情。

总之，不管做什么事，我都很认真地在放水。每个人都有表现欲，我也好几次想解开班上没有人能回答的问题，或反驳老师不合理的话语，让对方哑口无言，这一点我承认。忍耐这件事对身体有害，抑制自己的表现欲给我带来了很大的压力。

不过，回到过去也不是只有痛苦的事。世上没有比透过小孩子的眼睛再次接触世界更奢侈的事了。毕竟我们在还小的时候，尚能和这个世界相处融洽。树木、小鸟和微风，一切事物都对我敞开怀抱，这种感觉实在不错。

明明身边的一切都是看过的光景，我却看什么都觉得新鲜，这也是一种奢侈的体验。为什么会这样呢？或许是带着第一人生的记忆从未来回来时，中途记忆莫名出现缺损，抑或是受限于大脑的容量，记忆遭到压缩，在这一两个阶段里变得抽象。

比方说，我记得十二岁那年夏天，自己在湖畔露营时看到星空。当我想回忆那天时，确实隐约想起天上出现了数不清的美丽星星，还看到了好几颗流星。可我的脑海中没有浮现出具体的场景，也想不起那座湖和营地的名字，顶多只记得有“湖”和“营地”而已。

有时我可以想起深刻的回忆，有时只能想起一点皮毛。人的记忆本来就具有这种特质，但在第二人生里，这种状况更为显著。

正因如此，我在第二人生里才可以保留许多感动。不如说，正因为多少知道会发生什么，所以我能做好心理准备，好好地去享受每个瞬间。这就像在阅读一本对故事大纲已经有所了解的书吧。

十年前的记忆本来就模糊不清，也有很多部分已经忘得一干二净。尽管如此，我还是打算尽最大的努力重现第一人生。我将现状和有限的记忆做了对照，小心翼翼地做出自然的选择。

虽然这么做并不容易，但就结果而言，我成功逃离了诱惑，没有利用第二人生的优势过得比第一人生优渥，这一切应该归因于我深爱着第一人生吧。无论如何，我都不想失去自己的第一人生。

可是，所谓的人生啊，哪怕只是出现蝴蝶扑翅般微小的差异，也会发生极大的变化。

进入第二人生过了五年后，我的人生和第一次相比有了巨大的改变。

8

我也不知道该从何说起，总之，我的第二人生发生了翻天覆地的变化。

嗯，真的不知道该从哪里说起才好。这就像在比较两个完全不同的人，别人问有什么不同时，你不知道要从何说起。所谓的差异，应该在有共同点的情况下才能讨论吧？如果要你说明旋转木马和铅笔的差别，你也会很伤脑筋吧？

简单用一句话来总结，就是一落千丈。

第一人生里的我完全无法想象，自己的人生会如此一落千丈。

举几个例子吧，就是被第一人生中的朋友欺负，被第一人生中的女朋友狠狠地甩了，没有考上第一人生中就读的高中……大概是这样。

你或许想听听我失足的具体过程和随之产生的心理变化，但我现在不太想谈这个话题。

依我的性格，我并不会一脸严肃地谈论自己的烦恼。再说了，也只有热衷于听别人不幸的遭遇、爱看热闹、喜欢说三道四的人才乐于做听众吧。我没必要对着那种人说这件事。

我还是大致讲一下有趣的部分好了。

重启人生

要说的话，事情是这样的——我的第二人生出现了难以置信的恶性循环。

祸事一生二，又招致了更大的灾祸。就像齿轮出现些微偏差后，会给相连的其他齿轮造成过大负荷，环环影响下去，最后全部齿轮都会脱轨。我想可以借此来说明情况，不过这个比喻是从朋友那里现学现卖的。

或许我原本就是这样，既可能功成名就，也可能一败涂地，不管偏向哪个方向都不奇怪。仔细想想，世上也不是只有我会这样吧。

9

虽然事情会变成这样有着错综复杂的原因，但决定性因素还是——本该成为我女朋友的那个女生很干脆地甩了我。你应该不难想象，原本以为百分之百会成功的告白失败时，我是多么的狼狈。

记忆里，她的眼睛总是充满困意，其实是因为睫毛很长，看上去才会这样。虽然性格迷糊，但她经常动脑筋思考，很有主见……我未来的女朋友似乎是这样的一个女生。

和其他记忆相比，这些信息算是很清晰了。记忆也有优先级别，或许越优先对待的记忆就越具体。嗯，所谓的记忆就是这么回事。

我多么喜欢那个女生啊！我不喜欢只有头脑好的女生，不过对那种迷糊却很有想法的女生没有抵抗力。相较于选择朋友的标准，对异性的喜好更仰赖感觉，再单纯不过了。然而只有这些线索的话，我还是无能为力。

记忆中，第一人生的我在初三的春天向那个女生告白，她几近哭泣，似乎说了“谢谢，我一直在等你说这句话”什么的。之后的五年里，我们一刻都没有分开过。

第二人生中也理应如此才对。

理应如此才对。

10

初二那年秋天，学校文化祭的前天晚上，当班上的表演节目进入最终的准备阶段时，我突然想起那是人生中具有重大意义的一天。那一天，学校默许学生可以留到晚上九点左右，所以大家故意拖延准备工作，享受夜晚校园里的热闹活动。

记得应该是下午六点过后吧，我在阳台感受外头的空气，看着正在教室里制作道具和排戏的同学，心中突然洋溢着幸福。我在脑海中搜寻这股幸福感的来源，随即想起就是今天，就在这一天，我遇到了在未来中无可替代的那个女生。

看样子，之后我会坠入情网。我仍然不知道那个命中注定的人是谁，总之今天似乎会遇到契机，喜欢上未来将成为我女朋友的那个人。

因此，那天我在教室里留到最后，等待和命中注定的女生相遇。九点过后，我快等不下去了。这时，有一个同学问道："喂，有人可以帮忙把这个拿到体育馆吗？"

出于直觉，我马上接下任务，拿了几个道具。道具中还有圣诞老人的红帽。其实有心的话，一个人也能把所有道具拿到体育馆里，不过，教室的另一边马上传来一句："等等，我也来帮忙。"

我看向声音的主人，是亚弥。

我心想果然没错。一双充满困意的眼睛、长长的睫毛以及明确的想法——我一再寻找符合这些特征的女生，将候补人选缩小到几个人的范围，其中最有感觉的就是亚弥。当时我隐约推测，这个人应该就是我将来的女朋友，看来猜中了。

在未来的女朋友面前，我雀跃不已。走在走廊上时，我故意戴上圣诞老人的帽子逗亚弥。她轻轻地笑了，然后从手中的道具里拿出鹿角，和我一起闹着玩。

体育馆已经熄灯，变得一片漆黑。我们将道具放在表演后台的角落里，然后亚弥看着我的脸，俏皮地笑了。

“我说啊，回去也只是帮忙准备，不如在这里休息一下吧。”

我当然同意她的提议。

结果当天我们一起回家，舍不得分开，又在公园的长椅上聊了一个多小时。我觉得即将迎来人生中最美好的时期，因幸福而感到头昏目眩。

我可以重现和第一次相同的人生。我是这么想的。

然而，时间来到初三那年，事情发生在樱花盛放的季节。就像第一人生中的那样，放学后在教室里和亚弥独处时，我向她告白了。

我早已做好准备，迎接我即将到来的喜悦和亚弥的喜悦。

可亚弥只是一脸为难，苦笑着说：“呃……”

等了几天后，我被拒绝了。或许问题出在我显得太游刃有余了。

也就是说，第一人生里我会告白成功，可能是因为我又焦急又紧张，那份决心打动了亚弥，使原本应该不顺利的告白有了圆满的结果。

而第二人生里，我的态度就像在说“你看，你等很久了吧？我差不多要告白了”，给亚弥留下了不好的印象，这也不奇怪。

我当然能想到其他原因，总之重要的是，我没能让亚弥成为我的女朋友。

11

在那之后，我的日子过得非常凄惨。看样子，女朋友为我的第一人生带来的良好影响比想象中的多。失去幸运女神后，第二人生里的我就像被丢弃在强风中的塑料袋般无力。

第一个月里，我坚信是哪里出了问题。我相信亚弥一定是有苦衷才说了谎，只要我耐心地等待，过不了多久她一定会对我说："抱歉，我骗了你。那天我有不得已的苦衷，不能回应你的心意，其实我也喜欢你。"

可告白过后五十天左右，连我也不得不承认这个事实——我已经走到无法挽回的地步。不管再怎么努力，从一开始我就不可能忠实地重现过去。

真是的，早知如此，我就该从一开始表现得像一个神童，但现在后悔也来不及了。回到过去后经过五年的时间，这时我的精神年龄与身体年龄已经几乎一致。不，更糟的是，由于受不了没有亚弥的人生，在那之后我便无法专心听课，高中志愿因此狠狠地降低了两等。

唉，真的不能小看他人的影响力呢。

你或许会说，拥有二十岁的记忆参加高中考试有什么辛苦的？

可你试着把头脑放空几年，在小学生的包围下生活看看。我想你会懂我在说什么。人的大脑十分灵活，会毫不留情地舍弃被判断为不需要的信息。

12

要说的话，就是因为第一人生一路走来没有遗憾，我才会在第二人生里落得不断后悔的下场。

我绝对没有过多期盼。真要说的话，我采取的是步步为营的手段，这样的态度应该值得称赞才对。

不管怎么说，我还是搞不懂老天爷在想什么。或许，老天爷其实没有什么考虑。不过，前提是老天爷真的存在。

我其实是一名无神论者，会像这样说老天爷如何如何也是奇妙。我大概是想借“老天爷”这个词，针对世界的公平性之类的表达些什么吧。

13

如此这般，升上高中时，我完全变成了一个性格阴沉的人。要是有人认识第一人生中的我，看到我在第二人生中失足的样子，绝对不会相信我们是同一个人。

自从初三那年春天被亚弥拒绝后，我开始讨厌人类，不过也不是完全厌恶与人相处。

然而，我进入了偏差值（注：日本计算学生智力与学习能力的一项数值，指相对于平均值的偏差数值，一般以50为平均值，在25~75之间）比原来的学校低十点左右的高中，看着那些毫无知性可言的家伙，心中萌生的对于人的厌恶情绪日渐茁壮。此外，客观来说，我也不过是那些人当中的一分子，因此变得更加消沉了。

于是，我开始与周围保持距离，结果就像画中孤单的人影一般。

对我来说，除了痛苦以外，学校生活再也没有什么可说的了。三年里的大部分时间，我都在看时钟过日子，要说整个高中生活就是在等时间流逝也不为过。

我曾想，随着时间消逝，事情会渐渐好转。可时间能解决的只有已经完成的事物。我面临的问题其实没有变得更糟，但也没有一点好转的迹象。

高中并不是为了没有朋友的人而建的，那种人不可能开心地度过高中生活。因此，我几乎没有第二人生的高中生活回忆，连毕业纪念册都没好好看过就丢了。

真的很寂寞呢。连本该最开心的毕业旅行也只留下悲伤的回忆，比如班级活动时其他人毫不掩饰地冷落我，比如在旅馆中半夜醒来后，我到厕所里哭得像《水牛城66》(注:由文森特·加洛自编自导自演的半自传独立电影，影片中有一幕是冷漠易怒的比利在即将崩溃时躲到厕所里哭的场景)里的比利·布朗那样。

——到底为什么会变成这样？明明不应该是这样的。

我的脑海中总是浮现出这些话语。不过，每个人都会有这样的心情吧。也可以说这是人的自我差异性(注:由托里·希金斯提出的自我差异性理论认为，个体自我包括现实自我、理想自我和应该自我三个部分，理想自我和应该自我又称为自我导向，自我差异就是指现实自我和自我导向之间的差距)。我在第一人生里从未有过这种想法，现在看来，那才是非常诡异的。

14

我想，我的第二人生是不是在为幸福过头的第一人生还债呢？不过，从以前我就隐约知道了，这个世界没有所谓的公平。我们生存的这个世界，无法达到那么公平的境界。若是采取不同的做法，我相信自己原本可以走向比第一人生更幸福的道路。

我想自己的失误在于采取了保守的态度。举例来说，在长跑比赛里，一百个选手中总有人一直在第三名左右徘徊吧？可那个人应该也是以第一名为目标，最后才能跑出第三名的成绩。假设他从一开始就以第三名为目标，最后一定是拿到第七名或第九名吧。我犯下的过错就和这种情况类似吧。

15

不过，有段时间我因一件小事而振作起来，但也只有那一阵子而已。

高二那年冬天，一个下着大雪的夜晚，我颤抖着身子，等着开往车站的公交车。虽说公交站有屋顶，但冷风横向吹来，屋顶几乎没有挡风作用。落下的雪花将我身上的毛呢大衣染成一片雪白，我的脸颊和耳朵都冻得发疼。

公交站附近的房子流泻出温暖的灯光。潮湿的路面形成一面模糊的镜子，道路映照出一个扭曲颠倒的世界。比起为了美观胡乱用灯饰装潢，这幅景象要更加美丽。

公交车早该在三十分钟前抵达，此时才终于到站。可在车门开启前，我已经知道自己无法挤进去，只能看着它缓缓地驶去。

我抬头看向夜空，大口吐着白色的气息。天气实在太冷了，再这样下去我可能会感冒，但又觉得感冒了也无所谓。毕竟这样一来，我就有借口不去学校了。干脆在这里待上五个多小时，要是能得肺炎就好了，我开始认真地考虑。我想在公交站的长椅上坐下，突然发现道路正对面的公交站里有一个同样等不到车的人。

我认识那个被风雪吹乱头发的女生。

没错，初三那年春天拒绝我的女生——亚弥就站在对面。

我最先想到的是她为什么会在这里。她就读的高中和我的学校应该相距几十公里才对。

她是不是有事才恰巧来到这附近？只要向她本人询问就可以得到答案，但我就是无法开口向她搭话。

毕竟当时我还有些记恨亚弥，觉得都是因为她没有接受我的感情，我才会变成这副德行。虽然这样说很自私，但那时如果不把责任推到别人身上，我就无法保持正常的自我。

然而，一旦亚弥出现在我的面前，内心某处就会产生喜悦的心情，这是不得不承认的事实。

我毫不掩饰地看向亚弥，但她似乎没有注意到我。或许对她而言，我根本不值一提，说不定她在很久以前就忘了我的长相。

亚弥冷得颤抖，看起来有些寂寞。

看来她需要某个温暖的人陪伴。

这当然是误会，是迎合自我的个人想象。需要温暖的人是我自己，但我决定当成亚弥是这么想的。

那是一个幸福的误会，那种觉得自己被需要的错觉实在不错。我成功让自己深信，这个女生还是需要我的。而人类就是可以倚靠误会活下去的生物，宗教就是很好的例子。我这么说应该会挨骂吧。

16

我本来彻底丧失了生活的动力，却因这个值得庆幸的误会，下定决心要取回曾经有过的幸福日子。

首先我要发奋用功，致力于和亚弥考上同一所大学。

我并不是拼死拼活地疯狂读书。比起专注于学习，我更多的是不再将注意力放在其他事物上。我采取的是排除干扰的方法，将读书以外的选项都从脑海中排除了。

这种做法很危险，稍有偏差，我可能就会变成书呆子，没有其他能力和兴趣，然后失去生存意义。不过，我在学习时经常听音乐，那在千钧一发之际拯救了我。

我本来对音乐没什么兴趣，只喜欢约翰·列侬。为什么喜欢约翰·列侬呢？因为第一人生里的女朋友只要有空就会放他的歌。神奇的是，在我的脑海中，有关约翰·列侬的记忆比其他的都要清晰。我想是因为列侬的歌能超越时空持续被传唱吧，所以我会记得也不稀奇。

我曾在某本杂志上看到，好像是说，好的音乐就算一开始完全不符合自己的喜好，听了几百次后肯定也会越听越习惯。说到音乐，我是那种典型的只听流行乐的人，但在第二人生的高中时代，有一天我突然听到广播里传来*Yer Blues*（注：收录于披头士乐队1968年发表的专辑中，由约翰·列侬作词作曲），发现自己对约翰·列侬的音乐耳熟能详。从此，我用功的时候一定会听他的歌曲。

多亏我有明确的目标，高中生活变得像样了一些。在那之前，我每次上课大约会看五十次时钟，祈祷时间能早一秒过去。不过，自从上课变得有意义后，时间也转瞬即逝。在公交车或电车上，我也只顾着背书。我养成了每晚在固定时间学习的习惯，所以不再因苦恼于无聊琐碎的事而失眠。

之前，我一定是花了太多时间去思考多余的事了。由于脑袋在短时间内被塞入过多知识，陈旧的记忆全被赶到角落里，重要性也相对降低了。

我就这样安稳地度过了高中生活的最后一年。我常常会想起初冬那段即将迈入大考的最后准备阶段，那是一个人关在房间里读书的记忆。

房间里飘着咖啡的香味，书桌左侧里面放着音响，轻轻地传来*Strawberry Fields Forever*（注：披头士乐队于1967年发行的歌曲，由约翰·列侬谱写）。右前方有一盏台灯，那是房间里唯一的光源。椅子右后方摆着电暖器，角度经过调整，热风不会直接吹在我身上。

每隔两三个小时，我就会穿上大衣出门，呼吸满满的冬日空气，天气好的时候还能看到星星。我会出去十分钟左右，接着回到房里，用电暖器烤烤冰冷的双手，然后再次投入只有参考书、音乐和自己的世界中。

没想到这样的生活还挺不赖，或许其中也有些自我修复的治愈效果吧。

我的成绩开始有所提升，一直到最后，奇迹般考上了第一人生中就读的大学。我真的非常开心，找回了逐渐失去的自尊心，觉得自己什么都办得到。

这样就好了，如果故事到此为止就好了。

大学的开学典礼结束后，我四处寻找曾经的女朋友——亚弥的身影。我马上就看到她了，不过接下来才是问题所在。

三年的时间要改变什么，可说是绰绰有余。

我原本对此早有心理准备，但是……

17

开学典礼一结束，我就快步走到礼堂的出入口，等待亚弥经过。

话虽如此，但我没有把握她进入了第一人生中的那所大学。亚弥没有和我在一起，我也没有考上第一人生里就读的高中，从这两点可以清楚地知道，第二人生并非与第一人生完全相同。说不定因为某些差错，亚弥早就进入社会工作了。

还好礼堂只有一个出入口，如果亚弥来了学校，我不太可能会错过她。再说了，我身上可内置了能区分出亚弥与其他人的传感器。我可不是乱说，年轻时特别喜欢过某个人的人一定懂我在说什么。

其他新生都在找各自认识的人，然后一起夸张地开心大叫。虽然在旁人看来像笨蛋，但他们自己真的非常开心吧。还真是令人羡慕呢。

不巧的是，我没有遇到熟人。就算有，我也确定不会是需要前去搭话的对象，所以无法像他们那样乐在其中。不过，如果找到了亚弥，当我和她打招呼时，她能像其他人那样夸张地大叫，为重逢而感到高兴，那我一定会很开心。光靠这份回忆，我就能撑上半年左右。

没错，事到如今，我已经变成一个相当节能的人。由于人生中的喜悦太过稀少，只要有一丁点幸福，我就能在脑海中再三回味，就像连冰激凌的盖子内侧也要舔干净般品尝着幸福。

我不时注意自己的发型，调整领带，放松脸颊的肌肉，准备与亚弥重逢。

然后，那一刻来临了。

虽然只在人群中稍微看到后脑勺，但我清楚地知道那是亚弥。我不知道该如何搭话，姑且还是先朝着她那边走去。我的胸口异常痛苦，呼吸也变得不规律。不过才几米的距离，我却感觉像走了几百米。

我走近她。在这个距离下，只要出声，她就能注意到我。我想呼唤她的名字——亚弥，但嘴巴张到一半就发不出声音了。

我的体温大概下降了三摄氏度吧。

18

亚弥正挽着一个陌生男人的手臂。

若只是这样，我应该还能忍受。

毕竟我们已经分开三年，亚弥周围的男生不可能对那么有魅力的女生无动于衷。虽然我不太愿意这么想，但也早有心理准备。若始终是一个人，亚弥一定会很寂寞吧。因此，就算她找了其他男生代替我，我也无法责怪她。

可如果亚弥身边的那个人不管怎么看都像第一人生中的我，那就另当别论了。

那个男人走在亚弥的身旁，无论是体型、举止、声音、说话方式还是表情，都和第一人生中的我如出一辙。正如我之前说过的，虽然第一人生的记忆并不具体，但我对自己留有“友善的笑容”“悦耳的声音”这种印象。那个人完全符合特征。

分身——我的脑海中闪过这个词。

分身是指出现了和本尊相似的“假货”。

不过，要说亚弥身边的男人是我的分身又有些问题。毕竟从各种层面上来看，第二人生的我都偏离了第一人生。诡异的是，就重现第一人生这一点来比较我和亚弥身旁的男人，怎么看我都是更像假货的那个。要说谁是分身，我认为自己是分身才比较合理。

我可说是惨败。如果能正确地重现第一人生，我一定会变成今天站在亚弥身边的那个男人。

怪不得我无法和亚弥交往。

毕竟第二人生里有我的分身。

19

我好久没有对一个人怀有明确的敌意了。

在那之前，我连憎恨别人的力气都没有。毕竟若要在心里把某个人当成坏人，就必须把自己当成正义的一方吧？我做不到，因为我最清楚第二人生里的自己是多么不像样。要说这些日子里怨恨过谁，顶多只是对亚弥感到不甘心而已。

这一次我却因愤怒而发抖。我错愕地站在原地，在脑海中不停地说:“喂！有没有搞错？那是我的角色吧！”

该怎么说才好呢？如果亚弥只是交了男朋友，我还可以原谅。我会想着把亚弥抢回来，也敢说我比那种家伙优秀。嗯，说不定我反而会燃起斗志，感觉就像一场夺回命中注定之人的战斗。

可从我身边抢走亚弥的不是别人，正是我自己，不过这么说可能有点语病就是了。总之，有人堂而皇之地接下了我在第一人生中的位置，和第一人生中的我几乎没有偏差，一路成长至今，而那个人就是此刻待在亚弥身边的男人。

无论如何，现在担任“亚弥的男朋友”这个角色的人更接近完整的我。

那么，我有一个问题——

我能战胜自己吗?

如果对手和我是截然不同的类型，我只要表现出自己的优点就可以了。我知道亚弥会喜欢我，毕竟人的喜好不会轻易改变。

可是，当对手和我几乎是同一类型时，我就不知道该怎么做才能战胜他了。

毕竟真要说的话，他可是升级版的我啊。

20

于是，我再次落入走投无路的境地。

之后的几个月真是吃惊连连，因为我的分身一步步准确地重现了我从前的大学生活。照理说，我应该要详细地解释这个过程，但这次就省略吧。如果要从头开始说明，我会彻底变得消沉。

那个男人没过多久就成了系里的焦点人物，许多人仰慕他，也有很多女生亲近他。尽管如此，他还是对亚弥专情如一。嗯，站在客观的立场来看，我再次觉得第一人生里的自己真的很幸福。不过，那个男人并不讨人厌，待人也亲切。

虽然不甘心，但他们走在一起时就像一幅画，像是会动的童话。

那两个人太过闪闪发亮，总觉得像我这样的人根本无法靠近。不，他们当然都非常温柔体贴，只要表现出想和他们成为朋友的意愿，他们一定不会拒绝，可我想要的并不是这样。

话说回来，一想到就算是看起来那么完美的人，若是走错一步也可能变得像我一样，我就觉得不可思议。如果那个男人和我一样得到重启人生的机会，或许他也会像我一样失足堕落吧。

这么一想，世上有好人和坏人之分，或许只是成长环境好坏的差别吧，至少我觉得和遗传没有多大关系。

21

第二年的十月底，我的脑中有根线断掉了。

高中毕业后，我一个人在大学附近的公寓里生活，当时基本和所谓的茧居族没有两样。我不怎么去学校，也不去打工，不和人碰面，也没有好好地进食，一整天就关在房间里喝便宜的酒，然后一直睡觉。

我不看电视，不听广播，也不读报纸。总之，我把自己和外界隔离开来。除了去便利商店买酒、烟和垃圾食品之外，我几乎足不出户。就算查看手机邮箱，也都是大一为了分散注意力去兼职时的中介发来的邮件以及系统邮件，发件人里根本没有一个是人名。

知道有分身之后，不管做什么，我都忍不住拿自己和他比较，每一次我都感受到自己是多么差劲。

如此一来，就连一直理所当然的事，我也突然变得无法忍受。例如，高中时我从来不介意一个人上下学这件事，但上了大学之后，看到几乎每天一起上学的亚弥和分身（听说他叫常叶），我就无法自拔地感受到自己是多么孤独。之后独自往来于学校和家里时，我都会意识到自己的身边没有亚弥的陪伴，因而感到无尽的空虚。

渐渐的，这样的状况随时随地都在发生，包括一个人吃饭的时候，一个人看电视的时候，一个人躺在床上的时候和一个人买东西的时候。无论何时，我都深深地感受到亚弥不在身边，继而笼罩在失落感之中。

走在街上看到高中生情侣时，我的心情变得难以言喻。一想到或许亚弥和常叶过去也经常像那样穿着校服约会，我就难过得受不了。两个人很晚才结束社团活动，之后一起骑脚踏车回家，下雨的日子里共撑一把伞，降雪的日子将手放在口袋里牵着漫步。这一切都不难想象。

说不定我在公交站看到亚弥的那天，她就是在等常叶。

我知道亚弥可以让我多么幸福，也知道我可以让亚弥多么幸福。正因如此，我才感到空虚。

我的伤口始终没有痊愈。伤脑筋的是，就算我想为自己疗伤，欣赏了美丽的景色，品尝了美味的食物，观看了一场感人的电影，也只有反效果。我总会想到身边没有一个人可以和自己分享这些美好的事物。

这下真是糟糕了。这么一来，我不就真的会一事无成吗？

唉，当时的我每天站在发疯的边缘。因此，我把自己和外界隔离开来，只能借香烟和酒精来麻痹脑袋。那是人类的伟大发明之一。

22

那天是大学校庆，但我没想过要出门。我没有参加社团，所以这一天没什么事情要做，也没有人可以陪我去逛会场。我自己最清楚，去了学校也只会难过。

不过严格说来，不管我参不参加校庆，这一天都会难过。

之所以这么说，是因为我想起一件事。我想起在第一人生里今天是怎样的日子。可恶，我几乎完完整整地取回了那段记忆。毕竟那是非常重要的记忆，我会记得这么清楚也是理所当然的。

在第一人生里，我和亚弥在十五岁之后一刻也没有分开过，私底下虽然总会拥抱和亲吻彼此，但神奇的是，我们始终没有越过那条界线。要说为什么，是因为我们都很放心吧，深信彼此的心意不会改变，所以觉得不用着急。

因此，我们都在最后的防线前努力忍耐，乐趣就在于到达忍耐极限前收手。

越过最后一道防线的日子就是今天，就在大学校庆的夜晚。

这意味着亚弥和常叶会在今晚越过防线。

我以为自己会很生气，会前所未有地失去理智，破坏身边的物品，甚至气冲冲地前往亚弥的住处。

然而，我实际采取的举动可说是和上述的情况完全相反。

我自己也不清楚为什么会这样，我只是躲到桌子底下，就像防灾演习那样。

然后我开始啜泣，像个孩子一样哭了好几个小时。

要是生气了还好，毕竟那样至少把对方当作敌人来看待。可要是感到难过，一切就结束了，因为那等同于我开始觉得一切已经无法挽回。

23

等我回过神来时，屋子里已经暗下来，窗外传来蟋蟀的叫声。

我的心情稍微平复了，也注意到自己的内心深处燃起一团小小的火花。

奇怪的是，我很冷静。我深刻地明白，无论我如何动之以情，再怎么努力，现在的我都不适合亚弥，也赢不了常叶。

那该怎么做呢？我问自己。

很简单啊。我自问自答。

“只要让分身退场就好了。”

我很干脆地接受了自己导出的结论。

这样很不正常吧？

这么说来，我是打算干掉取代了自己的常叶。

我认为只要这样，亚弥便会再次感到寂寞，转而投入和常叶最相似的我的怀抱。

这种方法怎么想都不算合理，就算真的成功了，也很难说能从根本上解决问题。如果常叶在这个时间点死去，他在亚弥的心中反而会神化，亚弥可能不会再看其他男人一眼。

总之，当时我是认真的，还擅自认为这样做也是为了亚弥好。

明明不管怎么想，对她而言，都是维持现状才能幸福。

唉，被逼到悬崖边上的人真的想不出什么好办法啊，毕竟视野太狭隘了。从整体来看，不得不说第二人生里的我是一个彻头彻尾的笨蛋。

照理说，用第一人生的二十年加上第二人生的九年，我的精神年龄说是二十九岁也不为过。可看现在这个样子，我的精神年龄似乎停在了十几岁。常发生在早熟孩子身上的龟兔赛跑现象似乎也出现在了我的身上。

好了，虽然有点长，不过这就是大致的前情提要了。老实说，在第二人生里再次迎向二十岁的过程中，最重要的只有最后的几个月。接下来，我会说明得更具体一些。

24

就这样，我的夺回女朋友作战开始了，也可以称之为消灭分身计划。

就算除掉了常叶，一旦我遭到逮捕就没戏唱了。为了安全且准确地完成任务，我最先开始的行动是跟踪。

我相信一定有个瞬间能确切地干掉常叶，便持续跟踪他。最理想的方式是从高处推落他，让一切看起来像意外。没错，我希望他死得自然，甚至几年后连我这个肇事者都能认为那真的就是意外。

我们经常听到做坏事的人后来因露出马脚而遭到逮捕这样的事，在我看来，与其说是当事人一时大意，不如说是因为他本人怀有被捕也无所谓的想法，这才是被捕的真正原因。因为受不了罪恶感的谴责，他在内心某处开始觉得被抓反而比较轻松，因此才会露出破绽。

为了避免这种情况发生，如同我刚才所说，比较理想的选择是那种能淡化这种感受的解决方法。

至少第一人生里的我最喜欢在桥啊观景台啊屋顶等高处看风景发呆，如果常叶在没有行人的桥上靠着栏杆望向前方，那我只要趁他不注意时将他的双脚往上一抬，向前一推就好了。

我不知道现在警方的搜查技术有多先进，万一有人发现常叶的死是人为造成的，只要他的身上找不到我的头发、衣服纤维和指纹，我就是安全的吧。

总而言之，我该做的只是耐着性子继续等待。在这种情况下，不是要制造机会，而是要等待机会。不管再怎么绞尽脑汁，我都不是那种可以成功瞒天过海的人。就算我想做得天衣无缝，也一定会出现什么疏失，因此只能仰赖幸运之神站在我这边了。

还好我有的是时间。如果是在校庆之前，我多少会感到焦急。就算拼尽全力，我也想在他们跨越最后一道防线前干掉常叶。哇，我真心觉得还好不是这样。

跟踪这件事没有想象中的那么难。由于常叶和第一人生里的我无比相似，所以我能轻易预测他的行动。我知道他接下来会去哪个地方，或者他差不多要离开了，这类预测对我来说易如反掌。基本上，被跟踪的人也不见得就做了什么亏心事，自然也不会想到自己被跟踪了。

听到跟踪这个字眼，你可能会不由得想到那种私家侦探和冷硬派推理小说的剧情，那么事实可能会让你失望。

实际上，跟踪只是一项无聊而不自由的行动。要是跟踪对象怀有什么重大秘密还另当别论，但我的对象只是一名普通的学生。

而且我尽可能采取量力而行的方针，这么一来，能安全跟踪的时间其实非常有限，所以主要的工作就是等待。说是跟踪，我基本还是静坐在某个地方，耐心地等待常叶路过。毕竟要是我出现得过于频繁，对方就会起疑心。我曾做过统计上下电车乘客人数的兼职，那甚至还更有意义一些。

有趣的是，为了跟踪，我开始频繁出门。拜此所赐，当我回过神来时，先前闭门不出的疾患已经不治而愈，不过我原本就不是重度茧居族。

讽刺的是，自从开始拟订消灭分身计划，我的性格暂时变得开朗了。跟踪分身时，我经常出入二手服装店以便乔装打扮，还通过书本和网络学习跟踪技巧，熟记城市的地图，一点一滴地积累，这些事或许给头脑带来了好的影响吧。在此之前，我的大脑几乎没有接收过刺激，现在却不断接收信息，渐渐变得活跃。

总之，有明确该做的事是一件好事。尽管目的不太正面，但为了某事而循序渐进地去努力，这种行为带来了积极的影响，我的生活因此出现生机。

我的表情也有所变化。因为上大学之后完全没有照过镜子，所以最初我没有发现自己的这点变化。直到妹妹指出来，我才第一次好好地照镜子，发现自己的神情稍微变得明亮了。

对了，我完全忘了妹妹的事，应该要早点提到她才对。妹妹的变化之大完全不输于我。

也可以说，我的妹妹是最大的受害者。

25

我脑海中关于妹妹的记忆，清晰的程度不输给女朋友。或许是因为在我的第一人生中，妹妹占了非常重要的地位吧。

第一人生中的妹妹活跃得惊人。她仿佛是活力的集合体，无比喜欢阳光与运动，一整年都晒得很健康。只要和她在一起，别人似乎也会变得很有精神。

大概是热量的供给跟不上身体的消耗，妹妹的身材称不上有女人味，但她总是保持开朗的笑容，所以很受男生欢迎，常常有朋友拜托我介绍妹妹给他们认识。

然而，第二人生中的妹妹变成了一个冷淡的女生，喜欢看书并待在太阳照不到的地方，脸色苍白，总是低头不语。要是有人认识第一人生里的妹妹，看到她这样一定会觉得这是在开玩笑吧。说到和第一人生的落差，妹妹和我还真是不相上下。

妹妹会变成那样都是我的错。年长的哥哥若是不去学校且品行不良，年幼的妹妹也会直接受到影响。我每天出门都是一副快死的表情，一回到家就只会关在房里睡觉。妹妹看到这样的我后，也渐渐对未来不再怀抱希望了吧。

因为兄妹俩都是一副死气沉沉的样子，我们家每天晚上都像在守灵一般。情况真的很严重。这个家里没有一个人有笑容，只有电视机里传来的微弱笑声在冰冷地回响着。

不管是父亲还是母亲，都因孩子扭曲的成长而对自己的基因和教育方式丧失了信心吧。虽然由我这个亲生儿子来讲有点奇怪，但我还是要说，他们原本都是很棒的人。可是，儿子总是露出像世界末日要来临般的表情，女儿则一直关在自己的壳里看书，父母总不可能自己开心过活吧。

没有余力的人总会变得扭曲。母亲视我为失败品，转而对妹妹寄予过多的期望，为她请家教让她上补习班，给她带来了极大的压力，就像一个劲地对她说“只有你不能失败”一样。妹妹自然觉得身负重担，而母亲的这种行为也让我否定了自己。

至于父亲，该怎么说呢，总觉得他对家人已经不抱任何期待。他开始关在自己的世界里，把心思放到重机车上。

玩重机车本身完全没问题，甚至可说是不错的爱好，但父亲节假日几乎不在家，就算母亲让他陪自己去购物，他也当作没听到，让人看了很担心。每到星期六早上，两人就会开始吵架，双方都互不让步。

我十七岁那年，父亲出了一场大车祸，在医院里待了一个多月。那段时间，家里没有争执，非常平静。可出院那天，他和母亲动真格大吵大闹，之后几乎没有再说过话。

归根结底，这一切都是我的错。我的改变让妹妹发生改变，因为我们兄妹的改变，父母才会改变。过去他们两人完全没有争吵的必要，但就算我这么说，他们也不会理我吧，只会觉得家里的傻儿子终于精神失常了。

不知不觉间就讲到了父母，可我要说的是妹妹才对。没错，我和妹妹的感情曾经非常好，令身边的人感到惊讶。可是在第二人生里，别说搭话了，我们连眼神也不曾对上。

我想，第二人生中的妹妹大概很讨厌我吧。因为她偶尔开口说话，也净是在抱怨我，比如“眼神太凶狠”“头发太长了”之类的。我觉得她实在没有立场说别人，她的眼神和头发比起我是有过之而无不及。

唉，真是令人伤心。父亲被女儿讨厌时是否就是这种心情呢？不过，这也无可奈何，毕竟现在的我是挺讨人厌的。

26

然而，就在我制订消灭分身计划并开始跟踪常叶的一个多月后，妹妹在大半夜独自来到我居住的公寓。

她应该非常讨厌我才对啊。

那天刚好是降初雪的日子。我洗完澡一阵子后，觉得太冷了，所以在那年冬天第一次开了电暖器。电暖器闲置了好几个月，按下开关几分钟后吐出细微的灰尘，然后缓缓地送出热风，屋子随后充满煤油的甜味。

当我缩在电暖器前取暖时，门铃响了。我看了看时钟，现在是晚上九点。是谁出于什么原因在这种时间过来呢？应该没有朋友会来找我，是不是想找隔壁的人却按错了门铃呢？

门铃再次响起。平时我不会去理会门铃声，不过那天有点奇怪，我特地走到镜子前整理了一下仪容，然后小跑着奔向门口，打开了房门。

或许当时我很寂寞吧。就算按错门铃也好，只要有人来敲房门，我就很开心了。我打算和那个糊涂蛋说上一两句话。

然而，我打开门后，发现站在那里的竟然是妹妹。

我内心一阵混乱，第一时间想到的是家里有人出事了，比如父亲死于机车事故或母亲回娘家了。我以为妹妹是来告诉我噩耗的。长久以来，我一直过着没有好事发生的人生，不自觉地怀疑所有找上门的都是坏消息。

妹妹穿着校服，只加了一件针织外套。她吐出白色的气息，避开我的眼睛说道："我要在这里住一阵子。"

我问妹妹是不是家里发生什么事了，她只回了一句"没什么"，然后擅自进入我的房间。我的房间充斥着空瓶罐散发的气味、在屋内晾晒衣物的味道还有烟蒂味，混合成一股恶臭。妹妹皱起眉头。房间好不容易因电暖器而变暖了，她却将窗户全数打开，开始打扫卫生。

从她开始整理房间这一点来看，她无疑是要暂住在这里。我知道第二人生里的妹妹和第一人生的不同，不是那种不照料好哥哥身边的事宜就会不安心的人。她背在肩上的那个大波士顿包里一定装满了换洗衣物吧。

我决定先为在寒冷中到来的妹妹准备一杯温暖的热饮。趁她整齐叠好房间里散乱一地的衣服时，我烧好热水倒进马克杯中，加入满满的可可粉搅拌。妹妹最喜欢这种甜死人的热饮了。

妹妹从我的手中接过热可可，双手捧着马克杯，慢慢地喝着。我一直看着她，思考接下来自己该说些什么。妹妹则一直盯着杯子里头。

说实话，我并不是特别想知道她为什么会来这里，反正一定是让人泄气的事。或许有人会说，倾听妹妹的烦恼也是哥哥的职责，但我没有那种闲情逸致。光是考虑自己的麻烦事，我就精疲力竭了，实在没有余力再去关心别人的麻烦事。

妹妹或许是觉得我应该先问她来这里的原因，似乎对我没有进一步提问不太满意。

我们四目相对，她的眼神像在催促我提问。

我受不了这种压力，勉强问道："穗歌，高中还没放寒假吧？"

"嗯，可我不想待在那个家。"妹妹这样回答。

原来如此。

简单来说，她就是离家出走了。虽然这么想，但我没有说出口。如果我用"离家出走"这个词，总觉得她会生气。第二人生里的妹妹非常讨厌被人套上那种愚蠢的词语。

话说回来，还真是意外。离家出走实在不像妹妹会做的事，就算对家里有什么不满，她应该也不会采取离家出走这种没有意义的行动。就算有讨厌的事物，她也绝不会气得抓狂，而是和对方保持距离，静静地等待最糟糕的时刻过去。第二人生里的妹妹应该是这样的人。

是不是出现了极为严重的状况？我感到有些不安，又匆匆地将这个念头赶到脑子的角落里，不断对自己说："这和我没关系，和我没关系。"虽然不可能真的毫无关系，但我光是处理自己的麻烦事就心力交瘁了。

“你是怎么过来的？”我这么问道。妹妹给了一个标准的回答：“怎样都无所谓吧？”说得也是，其实怎样都无所谓，我只是想转移话题，避开重点。

“房间好脏。”妹妹一边环顾四周一边说道，她很擅长批评哥哥，“品位也好差。”

“讨厌就出去啊。”我也丢给她标准的回答。

“我没有说讨厌。”

“你的意思是又脏又没品位却不讨厌吗？”

“对啊。又臭又脏又没品位，但我没有说讨厌。”

若是第一人生里的妹妹，她应该二话不说就帮我打扫了，还会帮我煮美味的食物。

妹妹应该也不想来我这里吧。她和我一样没有朋友，大概是不得已离家出走，却别无去处，才过来找我吧。

学校还没放寒假，她应该不会在这里住太久，但对我而言还是很麻烦。我希望她能尽快离开，但没有勇气强势说出口。

第二人生里的我极度胆小，而第二人生里的妹妹有点恐怖，总是非常敏感，会闷着生气，就像要破不破的气球一样把我的胃掐得紧紧的。

我不希望妹妹随意乱翻房间，所以从衣橱里拿出棉被，替妹妹铺在地上。她洗好澡，换好睡衣，吹干了头发。她看看地铺和床，径直走向床，完全把这里当成了自己的房间。

我只好钻进地铺，然后问妹妹：“你打算待到什么时候？”

“不知道。”她说完，盖上了毯子。

就这样，我们开始了非常疏离的两人生活。

27

第二天八点左右，妹妹把我摇醒。

我原以为自己睡着后会彻底忘记妹妹的事，然后隔天早上在房间里看到她会吓一跳，没想到并不会这样。出乎意料的是，我很适应妹妹待在房间里的状况。

我的眼睛只能打开三分之一，而妹妹用清醒的眼神盯着我说："带我去这里的图书馆。"

她停顿了一下，又加上一句："马上。"

妹妹似乎已经做好出门的准备。我很久没看到她穿便服的样子了。妹妹坐在床上，双手插在灰色针织外套的口袋里，深蓝色短裤下的双脚前后摆动，及肩的柔顺长发也随之摇曳。她的腿原本就很细，穿上黑色裤袜后看起来就像塑料做成的假肢。

我心不甘情不愿地起身，从衣架上取下一直挂着没折过的衣服，夹在腋下走向洗手间。洗脸台的水冷得可以让人休克致死，等水变温还需要几分钟，我只好用冷水洗脸，迅速更衣。真是的，明明是在自己的房间里，为什么我不得不这样偷偷摸摸地换衣服呢？

我连续打了好几个大呵欠，昨晚配合妹妹早早钻进被窝里，却有些睡不着。就像大多数有茧居倾向的人一样，我也过着日夜颠倒的生活。对我而言，凌晨一点睡觉然后早上八点起床这种正常的作息非常辛苦。

再说了，和第一人生相比，这几年我的睡眠时间增加了许多。我已经变成没有睡够十个小时就不舒服的体质。不，准确地说，与其说是体质变了，不如说是因为醒着的时间太痛苦，为了减少痛苦，我下意识地延长了睡眠时间吧。

如果有想看的节目或与人有约，人就能早早起床吧。人们总说早起对人生有益，要是让我来说，其实只是拥有美好人生的人会早起罢了。

我会下意识地按掉早上设定的三个闹钟，但经女孩子一摇后，我还是会乖乖地醒来。就算对方是和我感情不好的妹妹，是不去上学的小孩，是离家出走的少女，这一点还是不会改变。

好久没有像正常人那样醒来了，平常我总会睡上两三次回笼觉。就算起了床，我多半也会在床上看书或玩手机。若要细分，我从醒来到下床一般要经过十个阶段，所以这次被妹妹叫醒能马上从被窝里起身，可以说是非常少有的经历了。

明明还不到十二月，空气却寒彻心扉，给人的感觉就像隆冬。出门时，我突然注意到妹妹衣着单薄，便回头拿了一件军式风衣给她穿。这样说得我好像是一个为妹妹着想的哥哥，但严格来说，我只是想尽可能减少自己犯的错罢了。如果事后妹妹责怪我就惨了，这是我的最大动机。

我拿出风衣后，妹妹像在说“我自己会穿啦”一般，从我的手中抢走风衣。虽然袖子有点长，但风衣是贴身的款式，所以她穿起来不会太奇怪。

我套上从高中一直穿到现在的海军呢大衣，松松地绑好靴子的鞋带后开门走出去。冷风抚上肌肤，我发抖了几秒。坐进车内后，我把暖气开到最大，和妹妹一边发抖一边等待车内的温度升高。

28

妹妹坐进迷你库柏的副驾驶座，第一句话就是“烟味好重”。不过这不是我的错，这辆车本来是父亲的爱车，给我的时候就有这股烟味了。

接着，妹妹看了看后座，又说了一句：“好脏。”至于这一点，确实百分之百是我的责任。车子后座上堆着大学上课用到的资料和教科书、装着宝特瓶与空便当盒的塑料袋，还有随意脱下的夹克和运动鞋等。

这和我跟踪常叶时长时间待在车里也有关系，但最大的原因应该是，除了我自己，这辆车根本没有载别人的机会。如果经常载别人，我也会好好地维持车内的整洁，这和想变得时尚就去从事在大众面前露脸的工作是一样的道理。

妹妹反复说着：“又臭又脏，可以看出车主的性格呢。”

我说：“那还真是厉害呢。”

不过，房间或车子的脏乱程度的确可以反映出主人的精神状况。也就是说，若是过着五十分的生活，人就会连小事都放在心上，希望生活变成五十一分；若是过着负五十分的生活，再怎么努力变成负四十九分也没有意义。

重启人生

上午九点，天空很灰暗，四周笼罩着一层薄雾。在前往图书馆的路上，妹妹不停地抱怨着，诸如我的外套都是烟味啦，让我放音乐来听之类的。可要是我播放了手边的CD，她也会继续抱怨吧。如果想让妹妹满意，我就只能放Sigur Rós（注：来自冰岛的后摇滚乐团）或Múm（注：来自冰岛的实验电子风格乐团）这类乐团的音乐，不巧的是我完全没有这类CD。

妹妹看我对她所说的话毫无反应，就敲着卫生纸盒说道："好好听别人说话。"哎呀呀，她只有在我的面前才会这么嚣张。该说她是在家一条龙，还是在哥哥的面前一条龙呢？

我们抵达了市立图书馆。妹妹看到建筑物后说了一句："好小。"因为这不是在抱怨我，所以我觉得无所谓。

以前完成大学作业要查资料时，我曾来过这里，所以办了图书证。"你可以随便挑书。"我这么说后，妹妹也老实地点头回应道："嗯。"然后她就消失在书架深处了。

我也开始挑选自己喜欢的书籍，踏上狭窄的楼梯来到图书馆的夹层。每走一步，地板就嘎吱作响。靠近墙边的书架中间放着椅子，一个年轻女子坐在那里看着十分厚重的书。一开始我还以为那是装饰人偶，一直盯着她看。直到发现对方在瞄我后，我才知道那是真人，便慌慌张张地离开了。

借书时，我看到写着还书日期的月历，才知道那天是星期三。我每天都过着没有待办事项的日子，对今天是星期几只有大致的概念，只清楚是工作日还是周末。更严重的话，我还会完全忘记“星期几”这件事。

星期三的话，正是那堂课开始的时候呢，我这么想。今天是我第五次缺勤。算了，反正都一样。话说回来，读大学的哥哥和读高中的妹妹在工作日一大早待在图书馆里，感觉还真是不可思议。图书馆里都是老人，在他们的眼中，我们看起来是怎样的呢？

大约三十分钟后，我动身去找妹妹，她还是老样子对着书架。“还没好吗？”我问道。“不要说话。”她用书的一角攻击我。第二人生里的妹妹总是这样。如果是第一人生里的妹妹，应该会拜托我让她再看一会儿吧。

之后我又等了二十分钟左右，才得以离开图书馆。看来妹妹打算一整天都待在我的房间里看书。回到房间后，妹妹坐在床上靠着墙壁，看着一本和字典一样厚的书。

我心想，她的变化真的很大。不过，没想到她这样也挺好的。

看来她一个人待着也没问题。我打算悄悄地出门，这时妹妹抬起头问道：“哥哥，你要去哪里？学校吗？”

我不可能对她说：“为了了解谋害对象的生活模式，我要去跟踪他。”所以我回答道：“对，去学校，七点回来。”

“哦。”妹妹似乎有所怀疑，“话说回来……你看起来好像很期待啊。你等一下要去见怎样的人？”

妹妹真是一针见血，问了我不想被问到的事情。

“是大学的朋友，上个月校庆时才熟识的。”我一边说一边思考，这种时候还是在谎言中放入部分事实比较好，“我这辈子第一次遇到这么合得来的人，能轻易知道彼此在想什么，有这样的一个对象实在不错。嗯，我们可以说是好朋友吧。”

“这样啊，至少你单方面是这么认为的吧？”

哇，这种说法用最少的措辞讲出了最令人讨厌的话呢！

“对啊，至少我把他当作好朋友。”

不过还真是意外，我原以为妹妹根本不会介意我去哪里做什么。那样的妹妹是不是也渴望和别人对话呢？或者，她可能想趁我不在家时做一些不可告人的事。嗯，不管怎样，那都与我无关。

随便她吧，因为我有自己要做的事。

29

关于分身的问题，我想在今年做个了断。这种事情要是一直往后拖，会越来越难以实行。

此外，如果在十二月之前成功了，他们两个就不能共度圣诞节或一起迎接新年了。照这样下去，每次遇到这种需要庆祝的节日，我应该都会想起第一人生里我和亚弥相处的种种场景，因而罹患抑郁症吧。我希望尽可能避免出现这种情况。

这绝不是不可能的事。如今，每天的跟踪也有了成果，我大致掌握了常叶的行动模式。老实说，实行计划的时机日臻成熟。

在这之前，我至少已经错过三次几乎零风险干掉常叶的机会了。正如我所料，常叶和我的兴趣非常相近，喜欢从高处眺望风景，常常在桥上看河，在靠山边的路上眺望夜晚的住宅区。

在我看来，那等于在对我说："杀了我吧！"事已至此，说不定连老天爷都站在我这边。我却迟迟没有实行计划，果然还是因为在紧要关头无法下定决心。

不过，除了了解常叶的行为模式之外，我跟踪他还有一个目的，就是找到他的缺点。

也就是说，我在等常叶暴露自己的缺点。为了正当化自己的行为，我要想办法捏造他该死的理由。就算只有一点，我也想找到常叶应该被干掉的理由。

不过，还真是伤脑筋呢。在长达一个月的时间里，我持续在挑他的毛病，但在他的身上完全找不到可说成缺点的毛病，他也不会因太完美而惹人厌。

我不知道常叶本人有没有意识到，总觉得他在表现自我形象上很有分寸。常叶主要的武器是，无论对象是谁，都可以瞬间瓦解警戒心的优雅微笑和想一直听他说话的优美嗓音。不过，他平时会刻意在这两方面有所克制。

然后，他会在觉得必要的时刻集中运用，给周围的人留下深刻的印象。当然，每个人都会注意到他，但他绝不会给大家习惯那种魅力的时间，会在那之前收起光芒。如此一来，大家就会擅自扩充对他的想象，开始过度评价他的魅力。

真的是非常优秀呢。从他的身上，我学到了所谓让每个人的眼睛都为之一亮的魅力。与其一直暴露出来，不如表现得像偶尔想起才展现出来的样子，这样才恰到好处。嗯，不过对毫无魅力需要隐藏的人来说，这是没用的技巧。

虽然不想承认，但这家伙真是不简单。连对他抱有负面情感的我都有如此评价，在其他人的眼中，他一定是一个极具魅力的人吧。

30

结果，那天我还是什么也没做就回到了公寓。理想状态是我一打开门就能闻到妹妹所做晚餐的味道，但实际上她只对我说：“我饿了，煮点什么吃吧。”然后，她又加上一句：“马上。”

我不怎么下厨，便从冰箱里拿出苹果派，用烤箱稍微烤了一下，放上香草冰激凌后端出来。

妹妹看着苹果派问道：“青菜呢？”我回答：“没有。”过了几秒后，她说道：“这样不太好呢。”总觉得她本来是想说“你是白痴吗”之类的话，但碍于自己寄人篱下的状况，便表现得礼貌一些。

饭后我们喝了咖啡。妹妹盯着我的脸看，眼神仿佛在说：“我有话要说，但不想主动开口。”

我便开口问她：“怎么了？”

“哥哥，你没有女朋友吗？”

她突然问的是什么啊！

“很遗憾，没有。”

“虽然很失礼，但你没交过女朋友吧？”

我很想说，在第一人生里我曾有一个理想的女朋友。

“对啊，一直没有。”

“为什么？”

为什么？对没有对象的人来说，这种问法糟糕至极。

第二人生里的我对大家可以接二连三换对象这件事感到不可思议。在第一人生中，因为理想的女生一直在我的身旁，所以我没有多想，如今则常常佩服大家能找到和自己契合的异性。

对我来说，有对象的人比没有对象的人还要不可思议。我打从心底尊敬那些有对象的人，但也想问:“这样真的没问题吗？”或许我有些多管闲事，但人与人情投意合的那个瞬间原本就是穷尽一生也难能可贵的时刻。

假设有很多人能频繁地体验到那种时刻，那么从某种意义上来说，他们都是空白的人。如果把人生在世培养价值观的过程比喻成绘画，每个人都随兴地画着属于自己的画。如果一个人的画能和他人完全一致，唯一的可能就是两个人的画都是白纸，否则便是缺乏想象力、极其平庸的画吧。

当然，由站在这种立场上的我来说这种话完全没有说服力，感觉只是在发牢骚罢了，是孤单的自我分析家——一个只关注自我的闲人所说的胡话。

好了，让我们回到妹妹的问题上。在第二人生中，我无法与人交往的最大原因是——我无法想象亚弥之外的人来当我的女朋友。不过，这么回答也没有意义。

“你问我为什么，我也不知道该怎么回答啊。”我这么说道。

“可是，难道你一直以来都没有喜欢的女生吗？”

我摇摇头。

“连一个人都没有吗？”

“嗯，就是这样。”

“那至少有合得来的女生吧？”

合得来的女生吗？

如果是合得来的女生，我倒是想起一个人。

不过，那恐怕和妹妹期待中的那种“合得来的女生”有很大的不同。

31

故事要追溯到我活得最凄惨的高中时代。

不夸张地说，第二人生里的我在高中时连一个朋友都没有。

不是说全班的人都讨厌我，问题出在我那无聊的自尊心上。这么说你可能会笑我，但我一直认为朋友这种人都是主动靠过来找我的。这无关傲慢或天真，而是我本来就没有想过主动向别人搭话。

这是第一人生带来的不良影响，毕竟我曾经是一个非常受欢迎的人。

当然，再怎么迟钝，我也不可能始终没发现“不主动和别人搭话就交不到朋友”这个事实。而注意到这件事时，我其实还有机会。至少只要我主动开口，那些散乱生存在教室角落里的家伙似乎就会自然地把我当成朋友。

然而，我最终也没有向他们搭话。为什么？那是因为自尊心这种东西在作祟。其实我自己也觉得这样真的没有意义，但死都不想主动去和那些不怎么样的家伙搭话。

虽然这么说有点过分，但我当时深信自己仍是从前的那个美男子……不，老实说，这个想法至今也没有改变。先不论这是不是事实，光是这么想，我就深深地获得救赎。

如果没有人爱我，至少我应该珍爱自己才行。

嗯，总之，像我这样的美男子，却非得去向那种不怎么样的家伙搭话，这实在太不公平了。虽然在他们的眼里，我可能是比他们还没用的家伙就是了。

32

你如果经历过就会明白，没有一个朋友的高中生活其实就是地狱。和这相比，孤零零的大学生活根本不是问题。

虽然人们常说，孤单是习惯与否的问题，但孤立状态不是习惯就能解决的。我可以忍受假日好几天都是自己一个人度过，但当周围的人都亲密地结伴相处，我却只有一个人时，再怎么麻痹自己还是会在意。

那么，我是如何忍受这么凄惨的状况的？方法也是非常不争气。

在教室里，除了我之外，还有一个和我一样被孤立的人。那个女生名叫柊，在学校里也是一个朋友都没有，眼神总像在诉说“我对这个世界毫无期待”，仿佛不是自愿来上学的。柊就是这样的人。

真要说的话，柊个子娇小，有着看似容易受伤的眼神。她的视线总是朝下，有时不得不与人四目相对时，她看起来就像在瞪着对方。还有，她总是用极度没自信的微小声音说话，而且断句非常多，诸如“我……觉得……这样不错……嗯……没有……什么问题吧”这样的。

总之，她会挑选常规又安全的话语，慎重地开口。拜此所赐，周围的人似乎都觉得她是一个麻烦的家伙。我则是讲话太过官腔，给人留下了冷淡的印象。乍看之下，我们两个人似乎完全相反，其实骨子里是一样的吧。

柊和我就读于同一所初中。她和我一样，在初中时也不是孤零零的。进入高中后，身边一下子没了认识的人，就会被孤立。这是典型的模式。

不管怎么说，待在教室里时，我会因自己孤立的状况而感到非常自卑。每次强烈地感受到这份情绪时，我都会看向柊。

柊是我的孤单同伴。她在教室角落里孤零零的样子，对我而言是很大的安慰。只要想到至少在这间教室里，被孤立的不止我一个，就是一种很大的救赎了。

不，不仅如此。其实就是因为有柊在，我才深信自己在这间教室里的地位不是最低的。虽然我的立场很悲惨，但还是比那个女生好——借由这样的想法，我保持着稳定的精神状态。这种方法真是不要脸吧。

然而，这或许是我一厢情愿的想法，我总觉得柊也把我当成了一种精神镇静剂。每当遇到换教室或准备学校活动这种会强烈感受到自己被孤立了的情况时，我和柊总会频繁地四目相对。

柊一定也把我看成比她低等的人，借此得到安慰吧。至少，我感觉到她的确在看我，确认到我也是一个人后感到安心。

从这层意义上来说，我们彼此可说是合得来吧，虽然是以一种非常扭曲的形式。对彼此而言，我们只是寻找优越感的对象。我看着她时会觉得，虽然立场相似，但女生被孤立的话比男生悲惨，因而瞧不起她；她看着我时会觉得，虽然立场相似，但论功课还是她比较好，因而瞧不起我……就是这种状况。

可能有人会说我有被害妄想症，但只要看过一次柊的眼神，就会懂我的意思了。那很明显就是瞧不起人的眼神，我也是那样的眼神，所以非常清楚。

高一的时候，我还不习惯孤单一人，一到午休时间就逃也似的前往图书馆学习，以此打发时间。由于柊也经常这样，所以我们常常在图书馆里相遇。虽然不会刻意去打招呼，但我们的确都注意到了对方。

每隔几个月我就会变得特别消沉，虽然身体没出什么状况，我还是会请一下午假到保健室里，平均每三次就有一次碰到柊。我们就像约好一起逃课一般，还真是尴尬。嗯，大概是因为我们想请假的课大致一样，我会遇到她也不是没道理。

升上高二后，我和柊的关系变得更加紧密了。因为班主任多余的措施，换座位的方式改变了，学生可以选择抽签或自由挑座位。不过，如果选择自由挑座位，按规定不能挑最后一排。

如此一来，坐在最后一排的自然就是不介意座位的人了。对没有朋友的人而言，只要有个角落，坐在哪里都无所谓，所以我和柊经常坐在一起，高二和高三加起来应该有接近十次的邻座经历吧。

班上的同学也渐渐把我们看成一组，当时我不甘心地想：喂喂喂，别把我和这个家伙相提并论啊。话虽如此，但坐在柊的旁边，要说轻松是真的很轻松。举例来说，在古文课或英语课上，老师常常会要求学生互相朗读课文吧。那会让我痛苦不已，但如果对象是柊，我就不会那么紧张了。

如果对象是其他人，我就会一直想自己会不会破音，态度会不会过于冷淡无礼，对方和我一组会不会不开心。我总是想着这些多余的事。只有和柊一组的时候，我可以置身事外，站在令人愕然的立场想着：哎呀呀，这个女生今天还是一样冷漠。

所谓的治愈，根本上来自“对方绝对不会伤害自己”这样的安全感。从这种意义上来说，没有人比柊更能治愈我了。

33

说了这些后，你或许会觉得我是一个很有偏见又自我意识过剩的家伙。我也有自知之明，不过只要其中一个人有意，我和柊应该也能互相扶持，一起生活。

升上高三后，我和柊虽然没有特别说好，但都进了同一个委员会，负责同样的工作。换座位的时候，我们也尽量选择坐在一起，毕竟我们达成了困难时就互相利用的默契。

我们可说是“不必培养感情，但需要有人在身旁时请出现”的关系。不，这样说可能过于美化了。实际上，我们或许更接近于“反正也是一个人，悲惨的伙伴就是要互相利用”的关系。无论如何，我们之间保持着一种扭曲的信赖关系，觉得反正只有这个人不会丢下自己摆脱孤单。

我和柊对彼此称不上有好感，但在不知不觉间产生了深刻的共鸣。如果不是这样，就算不想一个人孤零零的，我们也不可能相处这么长的时间。

我和柊的共同点不只是被孤立，我们连被孤立的本质也十分相似……依我看来，我们无法融入班级是因为怎么想都觉得自己不应该待在这里，而是在别处。应该有比这里更棒的地方——这样的想法在很大程度上妨碍我们去适应这里。

我总是想着第一人生里幸福的每一天，所以会觉得眼前的事物都比原本的样子不起眼，对当下没有好感。而柊恐怕和我有着同样的想法。若不是这样，她也不会孤单一个人才对。

我想应该很少有人看过柊的笑容，而我就是少数人中的一个。高三下学期，我和柊开始有了一点点亲近的气氛，我因此偶然有那么一次看到她的笑容。

我当时心想，真是太可惜了！如果常常露出那种笑容，柊想成为班上的中心人物也绝非难事吧。她的笑容就是这么有魅力。第一次看到柊的笑容时，我着实吓了一大跳，心想：喂喂喂，原来你这么可爱吗？

34

我是在高三冬天学校毕业典礼预演那天看到了柊的笑容。反过来也可以说，在那之前的三年里，我从来没看过她露出看似笑脸的表情。

对我而言，毕业典礼并不是多么令人感动的仪式。

离开这所高中的话，我不会感到悲伤，但也不会高兴得要死，只是隐约感叹这三年真是无聊。我对自己就读的高中是如此没有感情，甚至隐约怀疑自己是否真的属于这所高中。

我想着这些事情，渐渐不想参加预演。当大家前往体育馆时，我偷偷地离开队伍，往音乐教室走去。

音乐教室一般没有上锁。升上高三后，我常常在那里消磨午休时间。我决定在那里等待毕业典礼预演结束。虽说我没什么存在感，但若无故缺席这么重要的活动，大家还是会发现吧。

不过事到如今，别人会怎么想我都觉得无所谓了，反正马上就要毕业了。

音乐教室即使在大白天也很昏暗，进入教室关上门后，眼睛需要花一点时间才能适应，这是我喜欢这个空间的原因之一。那些退役的乐器散发出的腐朽气息也再好不过了。那里摆放着许多乐器，看着不能用了，但似乎丢掉又很可惜。

我坐在立式钢琴的琴凳上，把手撑在琴盖上发呆。

大约五分钟后，我才发现视线一角里的柊。

我不太记得当我们视线相交时是谁先露出微笑的。平常我们总是板着脸，不知为何当时都忍不住笑了。或许我们发现对毕业典礼没感觉的人不止自己一个，因而感到安心，同时觉得把这件事当成一种救赎的自己很滑稽，这才笑出来吧。

柊的笑容给我的感觉就像某种东西消失后留下的残骸。她的脸上曾经有过某种极度美好的东西，如今都破坏殆尽，但她还是相当珍惜留下的残骸——就是这种感觉。

话虽如此，结果我们只是互相笑了笑，接着便不再看着对方，各自做自己喜欢的事了。我用生硬的指法拨弄着少了一根弦又掉漆的古典吉他；柊则轻轻地弹着遭阳光曝晒的电子琴。

看着柊演奏乐器时的熟练模样，我却不觉得吃惊。我没有参加社团活动，平时放学后经常到学校附近的二手CD店闲逛。当我拿起喜欢的CD看着外盒时，背后常常是拿着同一张CD看着外盒的柊。由于店里的架子间隙十分狭窄，所以我们常常要互相让道给对方。即使是那个时候，我们也没有开口说过一句话。

我看向弹琴的柊，虽然没有看到她的脸，但光看背影就可以感觉到，她现在的表情比待在教室里时平静一些。

不得不承认，当时我的心里稍微感到温暖。

说到这里，你可能会觉得接下来我和柊的感情一定会变好吧。不过，就像刚才我所说的，直到最后，我和柊都没有聊过一次天。

为什么我们两个直到最后还是非得保持这种距离呢？以我的角度来说，这一切一定都可以用“不信任他人”这一句来解释。

话虽这么说，但我并不是不相信柊，我不相信的是人的好感的持久性。我和亚弥在第一人生里那么相爱，如今她却从我的身边离开，一切因此变得面目全非。

无论多么心意相通，对方都有可能在某天离开我。一想到这一点，我就害怕与谁结下亲密的关系。越是合得来的对象，越是害怕遭到背叛后的失望，所以我决定和柊保持不远也不近的距离。

这种蠢话就和“如果不想离婚就不要结婚”一样，但我别无他法。我想，对我们而言，不过分靠近而是在有点距离的情况下轻视对方——这种关系再好不过了。

我记得之后老师训斥没有参加预演的同学，我们并排站在老师的面前狠狠地挨了一顿骂，诸如“你们以为临近毕业了就能为所欲为吗”“像你们这样能好好上大学吗”之类的话。

我沉默地低着头，心想这个老师该不会误以为我和柊之间有什么浪漫关系吧。我因而感到害羞，总觉得柊的表情也是如此。

我的高中生活真的是直到最后一刻都很愚蠢。

隔天的毕业典礼上，在大家说完道别的话后，我和柊便离开了教室。那么早离开教室的只有像我们这样的人，走廊上只有我和柊两个人。不出意料，我们还是对上了视线。

柊好像说了一句:“再见。”

我和柊之间的回忆大概就是这样，这段故事只是说明，我并不是没有合得来的女生。

35

“那至少有合得来的女生吧？”面对妹妹的这个问题，最后我还是没有回答。我不知道这么说的话你是否能明白，在向别人诉说某种主观的回忆时，那一瞬间原本藏在其中的魔法就会消失得无影无踪。我讨厌这样。

如果想保留魔法，就必须谨慎措辞，不出差错，非常慎重地说出来。不过，当时我无力去诉说，只能选择沉默。撇开这一点不谈，要想谈我和柊之间的事，我就必须触碰自己悲惨的高中生活，所以实在提不起劲来。

我和妹妹吃完晚餐后并肩坐在床上，看着从图书馆里借来的书。我们对这种过近的距离感到有些尴尬，但这个房间里最适合看书的地方就是这里，所以也没办法。

由于妹妹拔掉了电视机的电源，房间里只能听到两人偶尔翻书页的声响和电暖器吐出热风的声音。值得庆幸的是，这间公寓里的住户在生活中大都和我一样保持安静，甚至有过之而无不及。对敏感的我而言，这是一件值得庆贺的事。

那时，我在读和分身有关的书籍。

根据书上所说，分身似乎具有以下特征：

·不会和周围的人说话；

·会出现在和本尊有关的场所；

·本尊遇到分身后会死去，分身则会取代本尊。

稍微思考一下就能理解这些特征，但要说起来，比起常叶，我更符合分身的特征。

我没有朋友，很少和别人交谈；我和常叶就读于同一所大学，出没地点很相似；即将死去的也是常叶（我会除掉他），而且不管是外表还是内在，他都更像第一人生里的我。

真是的，这样看来，仿佛他才是本尊，而我是分身吧？

我抬起头。借着余光，我知道妹妹正有一下没一下地偷看这边，大概是好奇我在看什么书。我不怎么爱看书，所以她才觉得稀奇吧。

“你在看什么书？”我问妹妹。

“说了你也不知道……”妹妹这样说道。

她的说法相当惹人厌，但那是事实。我瞄了一下她手中的书籍封面，并没有听说过那位作家。

话说回来，妹妹刚才的问题是怎么回事？居然问我有没有女朋友，还有没有合得来的人之类的。

仔细想想，妹妹会问这种问题本身就很莫名其妙，毕竟她在第二人生里不是一个对哥哥的感情故事感兴趣的女生。不如说，她一谈到这种话题就会沉默不语。

“刚才的问题到底是怎么回事？”

我的视线仍落在书上，头也不抬地问妹妹。

面对我的问题，她提出了另一个问题来回应我："哥哥，你有朋友吗？"

妹妹随意地坐着，看向我说道："先不管你说的那个在上个月校庆混熟的朋友，除了他，你有会邀请到家里来的朋友吗？"

这个问题还真是尖锐刺耳。我好想让妹妹学会察言观色，不要碰触敏感的话题。照她这个问法，总觉得她知道那个在校庆变熟的知心好友是我编出来的。唉，真的很扫兴啊。

"我没有那样的朋友。"我这么回答。

不过，这样听起来就像"虽然没有会邀请到家里来的朋友，但我基本上还是有朋友的"。

可妹妹针对我最不想被问到的那一点再度追问："所以你有不会邀请到家里来的朋友喽？"

这么一来，我也不得不诚实回答了："不，没有。说来惭愧，我其实连一个朋友都没有……在校庆变熟的朋友也是骗你的。嗯，要是我一开始这样回答你就好了。"

我以为妹妹一定很看不起我，会丢过来严厉的话语，比如"你这样将来有办法进入社会吗"或"你知道你为什么交不到朋友吗"之类的。

然而，从妹妹口中说出的既不是轻蔑的话语也不是责骂。

"这样啊，那就和我一样了。"

丢下这句话后，妹妹又专注于自己手中的书。

我多多少少能猜到妹妹没有朋友这件事，但她如此干脆地挑明实在出乎我的意料。老实说，我很疑惑，拼命想着该如何回应。毕竟第二人生里的妹妹会对我说这些话真的很奇怪，一定有什么重要的意义。

虽然妹妹说出这件事时满不在乎，但其实相当需要勇气吧，因为她原本是一个不想让别人看到弱点的人。如果我问她“你自己呢，有朋友吗”，平时她会回答“你知道了又能怎样”之类的话。

可我还没来得及说什么体贴的话，妹妹就把书签夹进书中，扭捏着钻进毛毯里。“我要睡了。”她说完后把我赶下床，将毛毯盖到头上，再也没说一句话。她看起来像在生气，又似乎很沮丧。

大概过了三十分钟后，我确认妹妹已经睡着，便离开房间，在路灯下一边发抖一边抽烟。就连吐出的气息都变成了白烟，看着和香烟的烟雾没有区别。

我回想妹妹的话。

或许妹妹是太过寂寞才会来到我的公寓吧，但我又觉得她不是这种可爱的女生。不过，若是第一人生里的妹妹，会因为这种事情来找我也不奇怪，而第一人生的妹妹和第二人生的妹妹原本是同一个人，这个事实并不会改变。

朋友吗……

我吸了最后一口烟后捻熄，吐出的烟雾往上空飘了两米左右。

36

我隐约记得自己在第一人生里是一个社交能力很强的人，朋友多到现在的我无法想象的程度，至少和系里的同学、社团里的伙伴几乎关系都不错。当时的我觉得，那些朋友虽然都有些脾气，但各有各的优点。

不过，现在站在有点距离的立场来看，我却觉得无论是哪个家伙，看起来都不太像样，其中大部分是很糟糕的人。

把和自己有关的人都看成好人，和自己无关的人都看成讨厌的家伙——人会有这种想法也是理所当然的。奇怪的是，这件事情让我得到不少安慰。一想到至少第一人生里的我并不是所有事情都得天独厚，我就稍微得到救赎了。

很悲惨吧，我竟然为这种事情感到高兴。

第一人生里的我深信大学里的朋友都是好人，真心觉得自己太幸运了，可以在益友的陪伴下度过大学生活。然而，若是让第二人生里的我来说，那些家伙都有他们卑鄙下流的地方。乍看之下很温柔的人却自私自利，看起来很谦虚的人其实心里想的都是如何表现自己。

不过，第一人生里的我把那些人当作好人，并不完全是一场误会。在人生不顺利的时候，人只会看到事物坏的那一面，所以我自然只看到他们的缺点。不过，事情还不只是这样。

在极为优秀的人面前，人可能会下意识地受到对方的影响，暂时变成一个好人吧。或许在第一人生里的我面前，那些人真的都是好人。

反过来说，在像现在的我这种人面前，大家会放松下来，安心地变成垃圾吧。你问我想说的是什么，总之就是这件事——觉得对方很讨厌时，自己也要负一部分责任。

不过，有些人尽管和我不是毫无关系，却丝毫没有降低魅力，反而变得更加迷人。嗯，我说的当然是亚弥。

越得不到的东西越想得到。第二人生里的我说不定比第一人生里的我更喜欢亚弥，或许说是崇拜也不为过。

要说亚弥的魅力是什么，我也不是很清楚。在我看来，构成亚弥的所有要素都散发着魅力，但这应该是因为情人眼里出西施吧。有种说法叫笑靥如花，实际上反而是我看到笑容后，脑海里绽放了花朵。由于在亚弥的面前，我的脑海里常常开满花田，所以我从来没比较过亚弥到底有什么与众不同的地方。

客观来说，亚弥是一个气质很好的美女。像这样的女生有很多，若问为何非她不可，我实在无法说明。如果真心喜欢对方，要讲清楚她的魅力是很难的。谈论讨厌的人有何魅力倒还简单得多。

其实我从初中的毕业纪念册里影印了亚弥的照片，放在笔记本中随身带着出门，这种事听起来是让人有点不舒服。我会想象着，如果她现在就在我的身边会是如何，以此来抚慰自己。虽然这样做反而会更加寂寞，但对我而言，照片中的亚弥和现实中的亚弥是不一样的，那象征着第一人生的幸福。

我心想，现在才应该给我修改人生的机会啊！这次我一定会好好地把握机会。

那天晚上回到房间，我盖好毯子闭上眼，依旧在祈祷。

我希望睁开眼后能迎来第三人生。

37

当然，我并没有迎来第三人生，那是仅此一次的无谓奇迹。第二天早上，还有第三天早上，我醒来后都反复经历着失望。

妹妹离家出走已经五天了。到了这个时候，我也终于觉得妹妹很麻烦了。只要她在这里，我每天都必须往返图书馆和公寓之间，要准备两个人的饭菜也很麻烦。此外，我希望独处的愿望比普通人强烈十倍。

虽然很对不起妹妹，但我差不多该回归一个人的生活了。

那天夜里，我鼓起勇气问妹妹："你打算什么时候回去？"妹妹随即反击道："哥哥，你才要回去！"怎么说呢，总觉得像是我做了什么错事一样。

不过，恰巧那时电话响了，是母亲打来的，当然是来问妹妹的事。她以不耐烦的语气问道："穗歌在你那里吗？"

我虽然有一瞬间的犹豫，但还是在妹妹开口之前告诉母亲："她从五天前就住在这里了。"毕竟这样可以省去特地送走妹妹的麻烦。

"你叫妹妹回来，她要是钱不够，你就借她。"母亲说道。我回了一句"知道了"，然后挂掉电话。我放下话筒看向妹妹，她别开脸，装作什么都没有听到。

大约过了二十分钟后，妹妹缓慢地起身，开始收拾行李，表情像在说“我回去总可以了吧”。我松了一口气，她在这方面还是非常懂事的。

“坐车回家的钱够吗？”我问道。

妹妹没有回答，大概在气我说出她的所在之处吧。

妹妹似乎不希望我跟着她，但我还是决定送她到公交总站。外头雪下得很大，让她独自走在没有什么路灯的街上，我还是会担心。

我们保持着微妙的距离，不知道能不能算作“并肩同行”。种着行道树的路上堆满落叶，我们走着，一如往常地保持沉默。

妹妹应该很恨我吧？唉，反正她从很久以前就很讨厌我，也无所谓了。此外，一个准备取人性命的人要是一一去在意别人如何看待自己，只会没完没了。

公交总站相当老旧，墙壁和地板到处黑漆漆的，照明的日光灯发黄，椅子坐垫破了洞飞出棉絮，商店也都拉下了脏兮兮的铁门。等公交车的乘客寥寥无几，四周非常安静。周围实在太阴沉了，总觉得这里的所有人都像离家出走后正准备回家似的。

“好脏的地方，”妹妹小声说道，“就像哥哥的房间一样。”

“很有情调啊。”我为自己的房间说话。

我和妹妹坐在沙发上，中间隔着四十厘米左右的距离。我们一边喝着从杯式自动售货机买来的咖啡，一边等车。

这里真的很夸张，让人不禁怀疑搭上车后会不会被带回几十年前。如果真是这样，我应该会满怀欣喜地上车。只要不是现在，去到任何一个时间点我都乐意接受。

我喝完咖啡后，妹妹呼唤了一声，伸手将我的杯子和自己的杯子重叠在一起，再拿去丢掉。

我望着妹妹匆匆行走的背影。

和第一人生里的妹妹相比，第二人生里的妹妹似乎非常不可靠，仿佛被伸手一推就会轻易倒下。

丢完杯子回来后，妹妹再次坐到我的身旁。

这次的距离是二十厘米左右。

我突然觉得自己对妹妹做了非常糟糕的事。

我好好地考虑到她是一个离家出走的十六岁女生吗？我应该对母亲说谎吧？毕竟妹妹根本不是那种会离家出走的孩子。她是有什么特殊的顾虑，或是被逼到某种处境，才会来我这里吧？至少在她自己觉得可以了之前，我应该掩护她才对。

我想偷看身旁妹妹的表情，这时两人视线交会。她摆出若无其事的表情，别开了视线。

我已经和母亲约好了，事到如今再带着妹妹回公寓也太不干脆了，所以我希望至少在分开前对妹妹说些什么。

可我完全不知道该说什么才好。“打起精神”什么的就别说了，换作是我，打死都不想听到别人对自己这么说。至于“不要想太多了”这种话，由我这样的笨蛋说出口则一点说服力也没有。

直到最后，我还在思考。

时间一下子就过去了，妹妹起身走向公交车，我也跟了过去。

外头仍下着纷纷大雪。在黑暗中，公交车的车灯令人头昏目眩，我眯起了眼睛。

在妹妹上车的前一秒，我用不输给引擎的音量向她喊道：“喂！还想离家出走的话，再过来也没关系。”

即使是这种话，要说出口也需要相当的勇气，毕竟第二人生里的我就连面对家人时也非常胆小。

妹妹回过头来，少见地睁大眼睛，在原地停留了一会儿。她看着我的脸，然后笑着说了一句：“我会的。”之后她便上车了。

等公交车出发了，我就回到候车区，踏上回家的路，再次用热可可温暖身体。

看到妹妹的笑容后，我大大地松了一口气。

38

妹妹似乎是仗着我说的那句话，三天后再次来到我的房间。

说到她在我房间里会做的事，就是学习和看书。偶尔有精神的时候，她会自顾自地说很多我的坏话，然后以“哥哥真的很没用啊”做结尾。之后她会津津有味地吃着我做的晚餐，占领我的床铺沉沉睡去。

隔天，父亲过来带妹妹回家。他似乎不知道该怎么和妹妹相处，既没有狠狠地骂她一顿，也没有温柔地谆谆教诲，而是沉默地带着妹妹去坐车，看起来实在很尴尬。

这样看来，妹妹应该马上又会回来了。果然如我所料，五天后，妹妹敲响了我的房门。

不过，这倒是不成大碍。因为妹妹待在这里，我的生活变得很规律，似乎也舒缓了独居的寂寞。妹妹姑且会主动学习，所以比起勉强她去反感的学校上课，我觉得她还是在这里看喜欢的书比较好。因为再怎么努力，讨厌和人相处这一点都是治不好的。

“哥哥，你没去学校吧？”某天夜里，妹妹这么问我。她的语气不像在责怪，也不是调侃。

“嗯……对。”我回答道。

“这样啊，”妹妹有点满意，笑着说道，“被发现的话，爸爸会干掉你的。”

“非常有可能。”

“他会干掉你的。”

我挠了挠头。妹妹喝了一口热可可，放下杯子后说道：“我帮你保密。我会帮你保密，所以你要对我更好一点。”

“那还真是要感谢你的大恩大德……”

我低下了头。虽然说会被爸爸干掉是妹妹夸张的说法，但我会挨揍倒是千真万确。

对于妹妹不去上学这件事，那对迟钝的父母似乎觉得自己也有责任，所以没有说什么。不过，如果知道我没去学校，他们应该会火冒三丈吧。平时他们没有责骂妹妹，累积的能量可是相当充沛。

妹妹手里拿着书，看到一半就在床上睡着了，发出浅浅的呼吸声。我一边替她盖上毯子，一边想：如果我因干掉常叶而被捕，这孩子会有什么反应？或者说，如果我没有成功，不得不放弃一切选择自杀，她会怎么样？

现在我没有怎么计划过，但一考虑这件事，我就会不停地想象。就客观而论，我会自杀是非常有说服力且理所当然的。

至少比起去想象未来如何活着，考虑死亡的事要顺利得多。

39

话说回来，虽然由我自己来说有点不好意思，但在第一人生里，我受欢迎的程度真的是不得了。十一月底的时候，我想起第一人生里的我曾经被女孩子执着地尾随过，不过没有到被跟踪骚扰的地步。

而且还不止一个人。不同时期有好几个人都是这样。虽然我想不起来对方是怎样的女生，但无论如何，这是第二人生里的我难以想象的事情。要是人气能分我一半就好了，真是的。

为什么会突然想起这种事情呢？说起来又是一件怪事了。

那天，我坐在市中心道路边上的汉堡店里，把二楼靠窗的座位当作基地，一边看书一边不时确认下方的情况。

我并不是特别喜欢这家店的汉堡，只是习惯在这家店的这个位子上做事。周末午后在这里等的话，十有八九可以看到常叶一个人经过。这个位子非常适合监视道路那边。

我嘴里含着热咖啡，眺望着行走在街上的人们。那天是星期六，街上成双成对的行人多得令人吃惊。除了看起来正在工作的人之外，几乎没有单独一人的行人。是因为临近圣诞节吗？还是本来就是这样呢？

汉堡店里频频播放着圣诞歌曲，那时正好在放《圣诞老人进城来》。现在这个时节，不管走到哪里都能听到圣诞歌曲，可以说这种状况已经构成某种威胁了。

随着行道树摆上灯饰，圣诞节的氛围侵袭了整条街道。老实说，这样真的让人很不愉快，就像在讽刺形单影只且闷闷不乐的我。可实际上当然不是这样，圣诞节只是为了让幸福的人更加幸福的无辜节日罢了。

不过，举例来说，若是有个人失去了母亲，每次打开电视或出门时都被提醒母亲节快到了，他会有点受伤吧？当然，并不是说要废除母亲节，我只是想表达世上也有这种人罢了。

顺带一提，那时我在看的书，是在妹妹的推荐下从图书馆里借来的。看着妹妹看书时乐在其中的样子，我也渐渐对阅读产生了兴趣。我有大把时间，便问妹妹有什么推荐的书。真是不可思议，明明高中时我常常待在图书馆里，却对书一点兴趣也没有。

爱看书的人无关人格，面对这种问题都会亲切地回答。妹妹可能觉得这是在测试她看书的阅历，便以阅读新手为前提，给我介绍了几本书。你或许早就猜到了，其中一本正是《麦田里的守望者》。

我不习惯翻译的文体，陷入了苦战，再加上是一边监视一边看书，所以翻书的速度比我想象中的慢。我无法好好地记住外国人的名字，不过现在想想，霍尔顿·考尔菲德（注：美国作家大卫·塞林格所著小说《麦田里的守望者》的主人公）这个名字算是比较好记了，如果是阿芙朵佳·罗曼诺夫娜·拉斯柯尔尼科娃（注：俄国作家陀思妥耶夫斯基所著小说《罪与罚》中主人公拉斯柯尔尼科夫的妹妹）这样的名字，我会口吐白沫倒下去吧。

看了大约三十页后，我将目光移向窗外，看到一张熟识的脸孔。我探身再看了看，发现是自己时常看到的人。

那不是我在找的男人。

一开始我还以为自己看错了，毕竟那个女生戴着奇特的帽子，头发染成栗色，还穿着和本人形象不太搭的衣服。若不是我在监视的过程中锻炼了眼力，应该会认不出她。在长期的跟踪里，我的双眼与双耳都敏锐得惊人。

我没理由去追那个女生，但还是将餐盘放到回收台上，快速离开了汉堡店。我来到大街上时，柊刚好转了弯，真是千钧一发。

40

我按平时跟踪常叶的方法尾随柊。

我并不是特别想和柊搭话。如果我主动攀谈，又该说些什么才好？诸如“哎呀，今天我们两个也是孤零零的，孤独的生活过得怎么样啊”这样的话，我可以讲吗？

我尾随柊是想知道，像我一样拥抱孤独的柊，会怎么度过今天这种日子呢？或许其中会有提升生活质量的线索也说不定。我很在意除了我之外，其他孤单的人是怎么度过这种寒冷的季节的。

看来我监视常叶已经习以为常，对尾随别人这种行为几乎没有抗拒了。冷静想想，看到认识的女生后便偷偷地跟在后面，这根本不是正常的行为啊。原来我的思维模式完全变成犯罪者了。哇，真是令人毛骨悚然。

不过，我必须先承认，有件事我一直没说。先前我不是讲了柊的事吗？那时为了好好地将故事收尾，我便说在那之后我和柊再也没有见过面了，但其实我们考上了同一所大学。

或许是彼此都知道这件事，所以我们在毕业典礼预演的时候才没有勉强自己去对话吧。如果当时真的是最后的机会，我可能会要求和她握个手。

不出所料，上了大学后，柊变得比高中时还孤立。嗯，这样才是柊啊。看着别人一成不变，我就会感到安心。嗯，我也没资格说别人就是了。

就算问遍系里的同学，或许也没几个人听到“柊”这个名字后，能马上想起她的长相吧。她的存在感就是这么薄弱。一般来说，孤零零的人还挺显眼的，不过不是褒义的那种显眼。不管是进入教室的时间点，座位的选择还是集体行动时混在人群里的方法等，柊真的都表现得非常优秀。因为我也在类似的事情上努力过，所以明白她的技术是多么高明。

我不清楚柊的具体住址，但知道她的确住在离我公寓不远的地方。好几次我在半夜去便利商店买酒时，都看到正好来买东西的柊，看样子她也是去买酒呢。

她认出我之后没有说什么，但也不是装作没看见，而是会投来一种看到同类的眼神。或许我也在无意间那样看向她吧，眼神里掺杂着轻蔑与同情。

高中时，我还以为像自己这样个性阴沉的人和酒八竿子打不着，看来并非如此。不如说，像我们这样的人最容易沉溺于酒精里。我们有太多想忘掉的事，生活单调又太闲，这样的人和酒精真是太相配了。

41

太阳几乎已经西沉，跟踪因此变得容易一些。如果周围往来的行人太少，跟踪的难度反而会变高，不过这天街上刚好人来人往，可以说是非常适合尾随跟踪的日子。

在阴暗的街上，柊毫不犹豫地迈步前行，速度非常快。已经习惯孤独的人会忘记去配合别人的脚步，再加上总是对当下怀有不满，抱有不想待在这里的想法，所以走路非常快——这是我的观点。

反过来说，对当下感到满足的幸福人类，会优哉游哉地走路。常叶和亚弥就是这样的人。他们有时推推搡搡，有时挨着身体，有时互相凝视，总之就是以慢得惊人的速度在行走，因此跟踪他们是一件很辛苦的事。他们大概是觉得，只要两个人在一起就已经很幸福了，所以也不急着去哪里吧。

我认为，在没有什么急事时人会以哪种速度行走，可视为幸福的一种指标。真的是这样。

我一边想着这种事，一边跟在柊的身后。她的脚步越来越快，明显非常可疑。我以为她要直走，谁知她却突然转进巷子里，几十秒后又若无其事地走出来。我正以为她要突然停下脚步，结果她马上穿越马路，随即迅速走回原来的路上。

我心想这个女生到底有什么目的。虽然她的行为举止原本就有点奇怪,但这么夸张还是第一次。她是喝醉了？还是脑子不清醒呢?

不过仔细想想，谜底马上就揭晓了。只要跟随柊的视线，就能明白她的目的。然而，我却花了三十分钟左右才发现这一点，不得不说我真是一个笨蛋。

柊突然停下脚步，悄悄地藏身在路旁柱子后面。过了一会儿，她又小心翼翼地从柱子后面探出头来，再度快速前进。

到了这个地步，我再怎么迟钝也明白了。

柊在跟踪某个人。

我随着柊的视线往前看,几秒后在前方几十米的地方看到了他。

没错，我想你可能也猜到了——柊跟踪的对象就是常叶。

我心想，就算我们很像，也不必连这种地方都一样吧……

42

说起来，其实有很多地方还挺合理的。我刚才也说过了，柊今天的打扮很不像她的风格。在尾随途中，我一直很在意这一点。她穿着牛仔外套和短裙，还戴了一顶奇怪的帽子。整个人从头到脚都不像她的风格，一点也不适合。

不过，发现这是为了跟踪时不被别人认出来的装扮后，我就想明白了。这身装扮的确很成功，让人看不出她是柊。高中时我们相处了那么久，我才能马上认出来。若是常叶看到这身装扮，我认为他不会马上认出柊。

我一点都不好奇柊为什么要跟踪常叶，毕竟事情一目了然。

也就是说，柊是跟踪狂，她与我不同，是出于喜欢的正派跟踪狂，不过用正派来形容跟踪狂有点奇怪就是了。

没想到我在不经意间达成了双重跟踪。

接下来的十几分钟，我继续看着柊的行动，确定她是在跟踪常叶后便不再尾随她，走入附近那家购物中心的停车场，坐在长椅上抽烟。一停下脚步，身体马上就变冷了，拿着烟的那只手在颤抖。我将空出来的手伸进皮夹克的口袋里，缩起背忍受寒冷。

我把烟蒂丢在烟灰缸里，又在长椅上坐了一会儿。人们从大楼里出来后走向车子，每个人的脸上都洋溢着笑容，让我强烈感受到自己走错了地方。每次自动门打开，都能听到店里传来《快乐雪橇》。一墙之隔的另一边仿佛是幸福的国度。

可以说常叶是我最大的敌人，而我唯一的同伴——柊却迷恋着他。一想到这里，我的心情就越发沮丧。也就是说，我暗恋的亚弥和身为同伴的柊都喜欢常叶。

没错，结果就算是柊这种始终板着脸仿佛在说“我讨厌人类”的女生——不，应该说正因为她是这样的女生——只要常叶这样爽朗又讨喜的好青年对她稍微温柔一点，她的态度就会发生一百八十度的大转变。

我敢打赌一定是这样，毕竟第二人生里的我就有这种倾向。那些有着强烈自卑感的人，只要明显比自己优秀的人给予温柔，就会感动地想：对我这种不怎么样的人都能这么温柔，这个人的心灵真是太美好了！该说这是天真还是单纯呢？

虽然动机完全相反，但我和柊跟踪了同一个人。换个角度来看，这个事实可说是非常有趣。柊的目标是常叶，我的目标是亚弥。而常叶喜欢亚弥，亚弥喜欢常叶。

要是所有人都能勉强接受和自己程度相当的对象，世界就太平了吧。如果我没有喜欢上亚弥这样难以高攀的女生，如果柊也没有那么不识好歹地喜欢常叶，我们就不用如此悲哀了吧？

如果我干掉常叶，柊会很伤心吧。

不过，或许过不了多久，她就会因常叶的死而感到高兴。就柊这个人来说，总觉得感到高兴的可能性会比较大。

因为无论如何，常叶都是属于亚弥的。反正不可能变成自己的，至少希望常叶不是亚弥的，不属于任何人——我想如果是柊，会有这种扭曲的爱情观也不奇怪。

43

我发现自己落下书了，便回到刚才的汉堡店，还好那本蓝色的书仍在那里。我把书放入包里，打算再次离开时——

我和一个男人对上了视线。

起初，我硬是移开了视线。虽然觉得那张脸有点熟悉，但无论对方是谁，如今我应该没有需要开口问候的对象。

然而，我还是出于某种原因停下了脚步。我再次看向那个男人的脸庞，当我们再次四目相对时，我的脑子终于完成搜索工作，告诉了我那个人是谁。

我的表情很僵硬，那个人却笑着喊我的名字。他像在怀念什么，似乎为重逢感到开心。

“喂喂喂，好久不见啊。你过得还好吗？”

他向我招手，示意我坐到他对面的位子上。

我不知道要摆出什么表情。我既没有能回以微笑的演技，也没有勇气狠下心装作什么都没看到。我露出含糊的笑容站在原地，稍微回应一下后僵硬地在他的对面坐下，简直就像一个不知道怎么坐在椅子上的人。

我不懂他为什么要那么亲密地和我搭话。我会这么说，是因为眼前的这个男人——臼水，就算讲得好听一点，和我都不是很要好的关系。

“我们好几年没见了吧？初中之后就没见过了，所以应该四年多了。”

唉，我说明白一点好了。

初三时，我一直被臼水欺凌。那种方式毫无争议就是欺凌，根本无法解释成耍闹或恶作剧。

我怎样都不愿回想被欺凌的那段时间。你也不想听太黑暗的故事吧？所以详情我就不说了。嗯，总而言之，臼水曾欺凌过我，你只要知道这件事就够了。

我极力避免去回想当时的事情。不过，那种记忆就像口腔炎一样，明明知道碰了会痛，只会让伤口更难恢复，却还是忍不住一直去触碰。

不管再怎么努力想忘记，直到现在我还是常常梦到当时的情景。说来也是不可思议，我没有直接梦到自己遭欺凌的情景，而是梦到我与那些曾经欺凌自己的人和好了。在梦里，我们彼此认同，一起开怀大笑。

唉，想都不用想，这种梦映照出了我潜意识里的愿望。没错，我希望尽可能不与任何人为敌。就算是那些欺凌我的人，我其实也希望能和他们好好相处。

不过这么一想后，我就会难过得受不了，所以表面上还是摆出憎恨的态度。与其被喜欢的人讨厌，还不如被讨厌的人讨厌。

因此，当臼水久违地出现在我的面前，又亲昵地和我搭话时，我实在不知道该如何回应。老实说，我也想亲昵地说“哇，好久不见。你怎么样，过得好吗”，毕竟那也是我过去的愿望。不过另一方面，我又觉得这样一来对不起曾受到臼水欺凌的自己。我可以这么轻易就原谅别人吗？

“你现在在做什么？读大学吗？”

我报出自己的大学，臼水马上点头称道：“很厉害嘛！原来你这么聪明啊。”他看起来一副打从心底感到佩服的样子，总觉得非常奇怪。

从这种态度看来，他应该彻底忘记初中时欺凌过我的事。事情总是这样。欺凌的一方忘记了，遭到欺凌的一方一辈子都忘不了。对方岂止是删除了自己欺凌别人的记忆，根据不同情况，甚至会将记忆捏造成“我对欺凌视而不见产生了罪恶感”。

“你呢，现在在做什么？”

我这么一问后，臼水像是要我听好一般，开心地说起自己的近况，内容就是典型的多姿多彩的大学生活。我一边后悔不该问他这个问题，一边附和他的话。

在心不甘情不愿听臼水说话的过程中，我渐渐习惯他，终于能好好地看着他的脸。我发现，臼水和我说话时似乎很焦躁。仔细一看，他一直在抖脚，眼神也飘忽不定，还不停更换交叉手臂的姿势。

他明明是盯着我看，但我们一对上眼神，他就马上别开视线。

他似乎在我的面前很紧张。与此同时，能见到面后像这样说话，他似乎真心感到高兴，这也是事实。不管怎么说都很奇怪。硬要讲的话，第二人生里的我是那种会让敌对的人放松警惕的类型，但也不是待在一起会令人愉快的人就是了。

我在无法解释这种诡异状况的情形下度过了十几分钟。忽然，臼水停了下来。事出突然，我还以为他临时想到了什么重要的事。

“怎么了？”

他看着自己的膝盖五秒后这么说道：“我放弃了。”

“放弃什么？”我回问他。

正当我战战兢兢地想是不是自己的态度惹他生气时，他说道：“忘了吧！我刚刚说的都是假的。”他靠在椅子上噘着嘴，双手放在双腿之间，小声地叹了一口气。

“没错，都是假的。我其实没念大学，也没有在工作。我好几个月没有和别人好好地说话了，好久没有听到自己说话的声音，紧张得腋下一直流汗。”

仿佛要填补刚刚五秒钟的空白一般，臼水连珠炮似的说道：“老实说吧，最近我一直想着死这件事。原因微不足道，我就不说了。我原本有了想法后想马上行动，但又想在死之前最后做点什么，便存了一些钱。存到一定程度后，我离开了家。我再也没有回去过，只是一个劲儿地兜兜转转，还挺有趣的。我打算在钱花完之前一直这样生活，等花完之后……对了，或许我可以暂时当流浪汉，然后过一段时间再去死。很简单吧？”

一切发生得太快，我满脑子都是疑惑。

这家伙突然在说什么啊？

44

我重新打量臼水，发现他的大衣非常脏，到处起了毛球，头发也太长了。可能是心理作用，我觉得他的双颊与眼窝都凹了进去。冷静下来观察臼水，就会发现他离流浪汉也不远了。

“我会说这些,是因为你看起来很冷漠……不,我不是说你不好,只是觉得你应该不会刻意装出不冷漠的样子。我不希望别人阻止我。如果有人对我说‘别这么说，活着就一定会有好事发生。一起加油吧’，我可能会当场咬舌自尽。我只是希望有个人听我说说话而已，而你就是最合适的对象，我只是觉得你应该会认真地听我说话。看你的眼睛就知道，你死也不会说出‘要是有什么困难，就和我谈谈吧’这种话吧？和你说话感觉像是隔着强化玻璃面谈，正因如此，我才能坦白地说出来。”

“虽然不是很明白，”我说道，“但你似乎并不寻求体贴的回应，对吧？”

“没错。”臼水似乎感到困窘，笑着说道，“我真的只是希望有人听我说话。喂，你应该清楚这种心情吧？就是觉得自己从出生到现在没做对过什么的心情。”

“我想我明白。”我回答。

其实我觉得世上最能体会这一点的人就是自己，毕竟我经历过正确的人生。

“我不希望你明白，”臼水摇摇头，“这么一来，我的绝望就变成只是随处可见、了无新意的东西了。”

臼水看向窗外，拱廊上的灯饰闪烁着蓝色、白色、绿色、红色的光芒。

“马上就是圣诞节了。唉，反正对我们这样的人来说，这种节日都很难熬。”

我沉默地看着他的眼睛。

“嗯，我刚才不经意想到，你面临着和我一样或比我复杂的问题吧？虽然不知道具体情况，但我看你的眼睛就多少明白了。那是完全没有与人交流的人才会有的表情。不管是你还是我，我们都明显露出了这样的表情。我们的脸已经失去了人情味，远离了人烟。我们永远无法从‘被人讨厌后变得更惹人嫌’的恶性循环中脱身吧……为什么事情会变成这样呢？”外面开始飘雪，臼水看着窗外说道，“不管是你还是我，说好听一点，都曾是将来大有可为的小孩，今天就算身边带着漂亮的女生去合适的场所也完全不奇怪，就算过着如诗如画般的青春生活也绝对不足为奇……喂，我想我们一定不是太大意了，一定是在某个地方有一个齿轮偏离了吧。那个齿轮却给其他齿轮带来了负荷，在连锁反应下，所有齿轮都乱套了。事到如今，齿轮已经乱成一团，四处飞散，完全不可能修复了。”

“你知道自己是让我的齿轮发生偏离的其中一人吗？”我问道。我不认为重新提起这个话题有意义，但还是忍不住问出口。

“我知道，”臼水说，“当初我会那样对你，是因为你让我感受到威胁。少年时期的我有绝对的自信，觉得自己可以变得比那些无趣的大人优秀二十倍，也觉得身边的人都不值一提……但是，只有你总是让我看不顺眼。我可能下意识地觉得只有你可能会比我优秀，才想在那之前把你毁掉吧。”

“别恭维了。”我讽刺地笑了。

“这不是恭维。就某种意义而言，我很怕你。不过，现在我们成了这样，谁也威胁不到谁……总而言之，对于这一点，我一直觉得对不起你。如果你希望我好好道歉，要说多少次我都愿意。如果你希求的是这些，我可以道歉。”

“不，不需要。因为你弄乱了我的齿轮，或许也有个人弄乱了你的齿轮吧，要追究的话就会没完没了。就像你只是想说话一样，我也只是想提问而已。而且，我并不希望你道歉，至少让我保留恨你的这点权利吧？好方便我将来想推卸什么责任。”

“没想到你这么温柔呢。”臼水微笑着说道，“那么，我差不多该走了。虽然不知道说了这些话是好是坏，总之谢谢你。不过，和你讲了太多话后，我连一些不想回忆的事都记起来了。我从刚刚就觉得，一看到你，少年时期的记忆就鲜明地复苏了。”

“我则想起了人生中最讨厌的时期，现在舒服了一些，谢谢。”

臼水露出苦笑，然后背对着我离开了。

与臼水进行了一连串的对话后，我绝对说不上已经原谅他了。不过回过神来，我已经悄悄地往臼水那看似沉重的后背包的口袋中塞了两张一万日元的钞票。就算我这么做了，他也不会高兴，而我也不是为了他能活久一点，只是想这么做就做了。

臼水离开后，我的脑海里有个想法逐渐成形。一开始我还不清楚那到底是什么，随着时间的流逝，我终于发现自己想起了什么。

在第一人生中，臼水恐怕是我的好朋友吧。第一人生的记忆还是那么模糊不清，尽管如此，看着他的说话方式和笑容，我还是明白了这件事。我发现那个男人过去一直陪伴在我的身边。

第二人生里的我一直认为臼水是毁掉我的人生的其中一人。可是，假设他在第一人生中真的是我的好朋友，或许事实是我先让对方变成了一个没用的人。没错，不是他让我变得没用，而是我毁掉了臼水后，他再毁了我。

到头来……或许，是我自己毁掉了一切。

回到公寓冲过澡后，我喝了两杯加冰块的威士忌。妹妹先睡了，我不能打开电视，便在台灯下努力睁着眼看书。眼睛不到一个小时就累了，我把书放在桌上，盯着半空发呆，默默地喝着威士忌。

这种时候，我总会想起柊。我想象她在自己的公寓里和我一样，一个人喝着酒看着书。

如此这般，我的心情渐渐变得平静。

别误会，我不是希望柊待在我的身边，只是喜欢想着一个和自己不同的人在不同的地方做着与自己相同的事罢了。只要想到这么做的人不止我一个，事情的好坏就变得不再重要了。而且，没有人比柊更适合担任这个角色了，毕竟她实际上过着和我再相似不过的生活。

在无法抵挡的睡意下，我刷了牙然后钻进被窝里。妹妹似乎在说梦话。

那天夜里，我仍旧祈祷——希望一睁开眼就能迎来第三人生。

关上灯不出几秒，我便沉沉睡去。

45

我被妹妹踩醒了。该说是踩还是踢呢？总之不是什么太优雅的方式就对了。

“我要去图书馆还书,” 妹妹说道,“起来。”

不过，我睡到下午四点也有错就是了。

出门时天色微暗，路灯开始点亮。难得的是天空万里无云，空气非常清新。偶尔强风吹来，柏油路上的落叶发出沙沙的声响。

一抵达图书馆，妹妹便抱着一沓书走了。我将车子上锁后追上她，归还自己借的几本书，然后小声地对她说:“那我们一个小时后在入口会合。” 我随即离开图书馆，在停车场的角落里点了一根烟。

这个角落似乎成了堆放杂物的地方，地上散乱地堆着各式各样的东西:生锈的脚踏车、撑竿、交通锥、有裂痕的花盆、工具、水桶等等。在一堆废弃物品中，只有空调的室外机在辛苦地工作着。

我坐在围栏上吐着烟。不知为何，那里好好地放着一个烟灰缸，大概是这里的职员偷偷抽烟时用的吧。

我再次环顾那堆废弃物品，第二人生里的我会因这种煞人的风景而感到安慰。为什么呢？或许是觉得这个地方不会变得更糟了。

我吹起口哨，心想着应该不会有人听见。我没有刻意吹哪一首曲子，只是随意地哼着旋律。当发现自己嘴里哼的是《铃铛响》时，我赶紧闭上了嘴。毕竟再怎么想，现在都不是该为圣诞节感到高兴的时候。

接着我离开图书馆，往道路对面的废墟走去。那也是我很喜欢的地方，以前似乎是一间青年旅馆，但经过长年的弃置，建筑物已经变得老旧不堪，干枯的爬山虎看着像在外墙上留下了一道道裂痕。仔细一看，真正的裂痕也挺多的。

建筑物内部昏暗，看不太清楚。我曾往里面窥探，看到地板上满是灰尘，还破了好几个洞，圆凳就倒在其中。窗边还有一架旧钢琴，总觉得放在那里好可惜。

我绕着建筑物外围走了一圈。曾经是停车场的地方放着锈迹斑斑的小型汽车和轮胎脱落的摩托车，脚踏车停放区的屋顶因柱子断了而陷落，旁边堆着不知有何用处的水泥砖。

这样的风景我可以看上好几分钟。我想象这间青年旅馆还在营业时曾发生过的事，一旦开始想象便停不下来。我讨厌看到现在进行式的幸福，却喜欢品尝幸福的余韵。那种味道淡淡的，让人觉得或许这里曾有过幸福。

我花了约十分钟，慢慢地绕着建筑物走了一圈，然后往图书馆的停车场走去。我站在烟灰缸前，从口袋里拿出香烟。我想点第二根烟，便从口袋里拿出煤油打火机，这时突然看到某个人拐过转角朝这里走来。

那个女生不是妹妹。她叼着烟准备点火，看来和我来这里的目的一致。昏暗中，打火机有几秒钟亮起光线，将她的脸映照成橘色。

当我发现那个女生是亚弥时，好一会儿几乎忘了呼吸。

46

我无法从亚弥的身上移开目光。而她好像也注意到我，看了我两秒后一瞬间露出疑惑的神情。这也是当然的，毕竟她面前的这个男生好几个月都没有在大学里出现过。再加上初中时的种种事情，从亚弥的角度来看，我这种人应该是她最难应付的类型吧。

尽管如此，亚弥还是非常有礼貌，虽然露出了有些尴尬的表情，但依然向我打了招呼。不管对象是谁，她都会亲切地打招呼吧。

我回应了她的问候，内心却一团乱。因为我既不知道她会抽烟，也不知道她会来这座图书馆，而且我好久没有在这么近的距离下看她的脸了，其实从初中以后就不曾有过。

我是那么希望能待在亚弥的身边，和她说话，但事到临头什么也说不出来。我只是一个劲地着急，想着必须说些话来留住她。

说实话，我连看都不敢看亚弥一眼，不是因为对现在的我来说，她太过耀眼了，而是害怕一对上视线，她就会看穿我脑海里可悲的想法。

“你是来借书的吗？还是学习？”亚弥问我。

虽然这个问题极其普通，但毕竟是亚弥在问我的私人事情。光是这样，我的心就满足得要爆炸了。

“嗯，我来借书，话是这么说，但只是陪妹妹过来而已。”

“这样啊，妹妹啊……”亚弥好像有些质疑我的话，但没有进一步追问，而是说道，“那你看书吗？”

“可能是来了图书馆受到影响吧，最近我多少看了书。”

“哦，最近你看了怎么样的书？”

我想读出亚弥表情底下的含意。看来这个问题并不只是客套话，而是她真心出于兴趣才问出口的。

可能是因为她身边很少有看书的人吧，第一人生里的我似乎也不怎么看书。她是不是希望有个可以聊聊书的对象呢？

“我在看塞林格的《麦田里的守望者》，不过这个年纪看这本书有点晚吧。然后，我还在看他的《九故事》。”我回答道。

“《麦田里的守望者》吗？”亚弥点头，“我把那本书放在自己书柜的第一排，说明我非常喜欢那本书……你觉得那本书如何？”

我稍微陷入沉思。如果这时能给出令人满意的答案，她或许会喜欢上我吧。我不能乱回答，但若是打安全牌，她又会觉得我是一个无聊的人。

“一般来说，”我开口说道，“很多人会说这本书描写的是年轻人对世界特有的反感。”

亚弥点点头，催促我说下去。我确定她的眼神里透露出一点点失望，她想听的不是普通大众的想法。因此，我连珠炮似的继续说道：“可是，我觉得将这本书归类为青春小说，就把它看得太简单了。这本书的确符合青春小说的定义。一个高中生休学，对世上的一切恶言相向，却又借着与不同的人的邂逅，一点一点地成长。如果将故事限定于此，的确非常简单易懂……但这本书的作者可是写出《逮香蕉鱼的最佳日子》的塞林格啊！应该更慎重地看待这本书才对。”

“我非常理解你想说的。”亚弥同意道，“我对《麦田里的守望者》有类似的看法。你慎重地看完这本书后有什么想法吗？”

“这个嘛，”我挠了挠头，“我的确无法完全认同对这本书的现有看法，但要说到见解，其实只有很简单的心得。”

“简不简单都没关系，说说看嘛！”

我斟酌着用词。哎呀，早知如此，我就应该写一篇读书笔记。

“我看着霍尔顿，感觉只要是正常人，像这样常常生气也是理所当然的。他不是因为年轻又不成熟，所以才不能原谅胡来或造假，变得这么生气。人们应该普遍都是这样的。从某种意义上而言，这就像《皇帝的新装》。不过正如译者所说，作者绝对不是将霍尔顿当作纯真的化身。若是《麦田里的守望者》这个故事将说出‘皇帝没有穿衣服’的小孩当作异端来处理就完了。”

我口若悬河地说着，庆幸自己没有因太久没说过这么长的句子而让舌头打结，但还是抓不住对话的节奏，一不小心就变成一个人自顾自的演讲。

亚弥却认真地配合我。“《皇帝的新装》啊，”她重复了一遍，“我也很喜欢这个故事。它可以有各式各样的解读，就内容来说是非常棒的故事。喂，我换个话题可以吗？”

“当然。”我说。对话能稍微延长，我可是开心得不得了。

亚弥缓慢而慎重地措辞：“看着现在的社会，我觉得有许多人硬是被当成了穿新装的皇帝。嗯，也就是说呢，皇帝其实真的穿了一件笨蛋看不到的衣服，但群众都是一些无可救药的笨蛋，所以完全看不到那件衣服。然后有一个笨得无药可救的小孩子说：‘皇帝没有穿衣服。’周围的笨蛋都放心了，一起说：‘皇帝没有穿衣服。’皇帝慌张地表示：‘不不不，没这回事，还是有人看得到这件衣服啊！’但不管他拿出多少证据，如何向众人展示新装，笨蛋还是自信满满地宣称：‘我看不到呀！’你懂我想表达的意思吗？”

“好像懂。”我回答。

47

我们就这样继续对话，聊的净是一些无聊的事，没有什么特别的意义。如果是第一人生里的我，或许两秒后就会忘记那种对话的内容。

可是，只是像这样对话，我就高兴得指尖颤抖，祈祷时间能再延长一些。

“对了，我不知道你抽烟呢，好意外啊。”我一边点着长红香烟一边说道。

亚弥困窘地笑了，接着说道：“我对男朋友都保密呢，目前只有你知道。”

我把这句话刻在脑海中。“只有你知道”这句话真是太动人了。

我们大概谈了三十分钟，彼此都热衷于谈话，没有要离开的意思。当亚弥看着手表说“我差不多该走了”的时候，我们都因寒冷而发抖。

“我好像一直在说些奇怪的话，真抱歉。因为平常没有人和我聊这些，我一不小心就得意忘形了。不过呢，虽然不知道你是怎么想的，但我很开心。这是一段很愉快的时光！谢谢你，再见。”

和亚弥分别后，我抬头看着月亮，好一会儿沉浸在对话的余韵中。不知是因为寒冷还是兴奋，我的身体抖个不停。真是的，光是这样就能感到高兴，我真是节能到了极致。

这时，我还没有发现自己犯了致命的错误。

妹妹已经在车里等我，看到我回来后说道："迟到五分钟了。"她敲了我的头五下。要是迟到一个小时，那就不得了了。

"你和刚刚那个女生关系很好吗？"

"没有……"我否认道，"她只是一个很温柔的人，会和我说话。"

"哦，那我也很温柔喽，因为我也和你说话了。"妹妹说得好像自己很了不起似的。

"不是吧，我们只是感情很好罢了。"

"咦，是这样吗？"妹妹困惑地说道。

48

尽管已经过了一周，我仍在脑海里再三回味和亚弥之间的对话，就像在反复播放自己喜欢的唱片。那三十分钟的对话，我连细节都可以重现。那段记忆不但没有变淡，反而愈加鲜明。

我心想，除掉常叶吧。我就像在公交站里看到亚弥那天一样，久违地再次恢复活力。我明白常叶如圣人一般，能给周围的人带来幸福，比我有价值几十倍，也明白要是他死了，亚弥会伤心，但那都与我无关。

我没有必要公平对待。问题在于，有他在时我会幸福还是不幸。常叶确实给我带来不幸，若是他消失了，我就能得到幸福，因此我要解决他。这样不就好了吗？

我用双手拍了拍脸，为自己打气。

哪怕得在今天动手，我也要解决他。

我干劲十足，准备外出。妹妹已经是第四次离家出走了，看到我这样后冷静地说道：“你看起来很开心啊，好奇怪。”

“不行吗？”

“不行。”

她说完，将手中的书丢到床上。

“那是借来的书，要好好对待它。”我念叨了一句。

“烂书就随便收拾，你不知道吗？”妹妹回嘴。

“我还是第一次听说。那本书哪里不好了？”

妹妹思考一下后这么回答：“这本书的作者认为，问题的答案是需要思考的。”

没想到妹妹会认真回答，我感到很意外。

“我不是很明白……那么，你的意思是应该把问题放着不管最好吗？”

“我没有那样说。我觉得一开始就把问题和答案分开来思考很奇怪。因为在问题出现的时候，答案同时会迸出来，所以回答本身不是什么大问题。应该说，该如何从我们的脑中引导出各式各样的东西……”

讲到这里，妹妹急急忙忙闭上了嘴巴，表情好像在说“我讲太多了”。

“不过，我没有想表现得很开心，你觉得我哪里看起来开心了？”

“你最近都好好地穿衣打扮了吧？”

“是吗？”

我装傻。跟踪时若是一直穿着同样的衣服，容易被常叶发现，所以最近我的确格外关注身上穿的衣服。我尽可能穿可以融入行人的流行服饰，妹妹才误以为我开始注重外表了。

以前连续两天穿同样的衣服去学校是很稀松平常的事，因为觉得反正没有人会注意我的穿着打扮。

“哥哥，难道你交女朋友了吗？如果是这样，我待在这里是不是妨碍你了？”

妹妹的语气听似不在乎，但对她而言，这种话已经是难得的体贴了。嗯，不过她误会了。我陷入恋爱这件事倒是事实，妹妹能看穿这一点，看来还挺关心我的。

“很可惜，没有这回事。”我这样回答，考虑了一下后继续说明，像往常一样在说谎时混入一些事实，让人难辨真伪，“我想变成没有脸的人啦，想和街道融为一体，想变成那种存在感薄弱的人，擦肩而过后别人就想不起我的长相。因此，与其穿朴素的衣服选择人烟稀少的地方鬼祟地走路，不如打扮得和周围的人一样，去大家会去的地方闲逛，这样反而比较有用。”

“你想变成透明人吗？”

“嗯，从某种意义上说，我可能想变成透明人吧。”

“好奇怪啊。”妹妹惊讶地说，“这样啊，原来你不是交女朋友了……那今天要去哪里？”

“我计划去咖啡店里学习。”

“你不去学校，却去咖啡店里学习啊。”妹妹有些讽刺地说道，或许也是在嘲讽频繁拒绝上学的自己吧。

我这么回答：“因为没去学校，所以我才要学习啊。虽然乍听之下很矛盾，但我不想落后于别人。我不想去学校，所以没有去学校，但也不是没有好好地为自己做打算。像准备考证或学习英语这样的事，我一个人也可以办到。”

虽然我不曾为考证而学习，但像这样的谎话，我要说多少就有多少。

“路上小心。”妹妹像要打断我的话一般说道。这句话听起来像在说“快滚吧”。

49

事到如今我已经不用再确认，但如果有第四次机会去干掉常叶，到时我会动手吗？我能成功吗？

我一直尽力避免直面这件事。没错，认真思考的话，普通人不可能会对这种事表示肯定。撇开道德论不谈，这么做的风险实在太高了。珍爱自己的人一定会考虑除此之外的方法。

而且不管怎么说，最重要的是，就算没有人发现我犯下的罪行，我自己也会受到罪恶感的折磨，最终露出马脚。因此，我才想尽可能地选择没有真实感的手法，不是用刀子也不是勒住脖子什么的，而是一直等待能悄悄从背后推常叶一把的时机……话虽这么说，但其实我曾有过三次这样的机会，却如同先前所讲，眼睁睁地看着它们溜走了。

只有第四次机会稍微不同。

在图书馆和亚弥见过面后，我取回了自信，觉得自己可以和她好好地相处。在那之前，对第二人生里的我而言，亚弥已经是高不可攀的对象。我隐约觉得，就算常叶死了，亚弥也不可能被我打动，因此才浪费了前面三次的机会。

不过，时隔多年和亚弥说话后，我深信换个角度来想，现在的我比第一人生里的自己还适合亚弥。第一人生里的我们是类似互补的关系，我性格外向而她性格内向;第二人生里的我们同样内向，似乎能以这种形态好好地相处。我认为这是完全可行的。

将这些事情也考虑在内的话，如果有了第四次机会，问我到底会不会动手，我还是没办法把话说死。归根结底，我连打人的勇气都没有，像我这样的人或许从一开始就不可能动手。另一方面，我有时会就事论事，做出连自己都吓一跳的决定，因此也可能不管不顾地完成任务。

不管怎么说，我都不会知道答案了，因为第四次机会最终还是没有来临。

50

乍看之下，整个场景条件齐全，不，应该说齐全过了头。

常叶和亚弥在酒吧里待了一个多小时后，常叶送亚弥前往公交站，自己则走向地铁站。到这里为止的流程都还和平时一样。

然而，那天常叶选择了不太一样的路线前往地铁站。他刻意选择了人烟稀少的地方，穿过黑漆漆的住宅区、商业街和小巷。他简直像给自己布置了作业，只要看到喜欢的转角就一定要转弯一般走着。由于无法预测他的目的地，这也给我的跟踪增加了难度。

他是不是想一个人走走？总有些夜晚会有这样的心情吧？冬夜里空气冷得像金属一样，星星亮得刺眼，家家户户透出的灯光异常地惹人怜爱。如果正好来杯酒，就更有气氛了。

终于，那个时刻来临了。常叶走上了桥。

我事先做好了详细的街头调查，所以敢保证，没有一个地方比这座桥更适合把人推下去了。这座桥的栏杆只是略高于人膝盖的高度，加上桥身距离地面的高度足以致死，就算没有受到致命伤，只要掉入十二月的冰冷河川，人也会因失温或心脏停搏而死亡吧。

他特地在醉醺醺的状态下来到这种地方，简直就像在对我说“杀了我吧”。

我突然觉得，错过这次机会就没有下一次了。不知为何，我总觉得如果错失了第四次机会，我就再也没有机会下手了。虽然不是万事俱备，但在如此得偿所愿的状况下，我若还是毫无行动，等于亲自证明了自己就算处于完备的状态也会毫无作为的事实。

我对自己说道，现在必须做个决断。

常叶漫步走向桥的中央。我尽量不发出脚步声，缩短和他之间的距离。地面积了一层薄薄的雪，要说他因此而失足滑落也不是不可能的事。我心想没错，莫名地冷静下来。我甚至还想着：到最后一切都没有什么真实感呢。大概是身体还不了解接下来自己即将杀人的状况吧。

我离常叶只有几米了，就在我想着现在可以冲过去推他一把的时候，他突然停下脚步。我还来不及分析他的行动，他便坐在栏杆上，一副往下看着河的姿势。

接着，他转过身朝我举起手来，仿佛从一开始就知道我在这里一样。

“嗯，你也请坐吧。”常叶说着，指向自己身旁的位子。

一瞬间，我思考了许多事。他是什么时候发现的？他了解多少？知道我的目的吗？知道的话，为什么又摆出这么没有防备的姿势？是有话要和我说吗？如果有，有必要特地来到这种地方吗？如果一开始就注意到我在跟踪他，他刻意走人烟稀少的路是为了确保我会上钩吗？但是，他为什么要这么做？或许他是在这几分钟内才发现我跟在他的身后，如果是这样，他的目的是分散我的注意力吗？是为了让我疑惑，再趁机逃走吗？不对，这么做也太没效率了，怎么想都是直接逃走比较快。

虽然在几秒内思考了这些事，但我最后还是依常叶所说，坐到了他的身边。我只要轻轻一推就可以除掉常叶，却没有这么做。与其说是被他的行为吓了一跳，不如说是他勾起了我的好奇心吧。就算是这样，我还是彻底落入了常叶的计划中。

51

“我希望接下来你能暂时安静地听我讲话，如果我有哪些地方说错了，再请你指出来。”

桥的两岸是鳞次栉比的住宅，每一户的窗子都透出温暖的灯光，投射在泛着微波的河面上。铁栏杆冷得像要把手掌粘住一般，我却还是不得不紧抓着，以免一个不小心坠落下去。

“我知道你在跟踪我，并搜集了足以令你无法否认的证据。不好意思，我拜托了熟人跟踪你。没错，就是所谓的反跟踪……哎呀，我从没想过有一天真的会从自己的嘴里讲出‘反跟踪’这种话。”常叶这么说着，一个人笑了起来，“我不知道你为什么要跟踪我。虽然由我自己来说有点羞耻，但我的为人就和圣人差不多，从来没做过一件亏心事。我做的都是令人感激的事，没做过惹人怨恨的事。说到底，我和你的共同点就是读同一个系，应该只有这一点才对。尽管如此，你也可能是因妒生恨，不能完全排除你会以某种形式加害我的可能，所以我做了测试。”

我看着正下方，夜晚的河川就像滴入了墨汁一般漆黑。我突然注意到，除了将常叶推到河里之外，我自己也可以跳下去。这也可说是一种解决办法呢。嗯，先要看我有没有胆量跳下去就是了。

“在此之前，我总共给了你三次机会。在你跟踪我的时候，我特地制造了三次非常适合你加害我的机会……当然，只是表面上看起来如此罢了，要是你真的对我下手了，我都留了一手，保证自己可以获救。”

我将双手从栏杆上移开，取出大衣口袋里的香烟，小心翼翼地点火。桥上的风势强劲，我费了一番功夫才将火点着。

“然而，你没有行动。我不知道你是一开始就无意伤害我，还是因恐惧而无法下手。无论如何，我因此了解到你对我是无害的。就算你对我怀有杀意，但要将其转化成实际行动，大概也是不可能的……当然，之后你也有可能铁了心，准备对我下手。不过，像这样和你直接面对面，我好像明白了，你无法伤害我。这是我的直觉，就像第六感一样，或者应该叫潜意识的经验法则吧。”

“你第一次发现我跟踪你是什么时候？”我这才开口。

“校庆过后第二周。”常叶回答，“那应该是很早的阶段吧？我想你当时才刚开始跟踪不久。”

没错，我在心中附和。

“我不是天生敏感，也不是背后长了眼睛。我既不是特别敏锐，也不是习惯有人跟踪，那么为什么可以这么快就发现有人跟踪我呢？答案很简单，别看我这样，其实我是一个自我意识过剩到可说异常的人。我非常介意别人的目光，常常把别人的行为都当成在向我发出信息。如果一天内看到同一个人三次，我就会心想这个人是不是特地在等我，我就是会这样想的人。”

“哦……但你似乎不会时常东张西望。”

听我这么一说后，常叶露出不在乎的表情说道：“真正自我意识过剩的人，不会让别人发现自己因在意周围而东张西望，甚至行动自然到诡异的地步。如果你也跟踪过其他人，就能明白普通人会更频繁地向后看或站着不动，采取一些意义不明的行动。我故意给你提供了一个便于跟踪的环境。”

简单来说，就是他什么都知道了。

真是的，我吐着烟叹了一口气。

不过，我的内心没有产生后悔或羞耻的情绪，我自己也不知道为什么从刚才开始就如此冷静，或许是太习惯“受到常叶的重挫”这种模式了。

“那么，你打算把我怎样？”我问常叶，“想把我交给警察吗？”

“我不会对你做什么。”常叶摇摇头，“那是因为啊，你可能觉得意外，我不认为你这一个月以来对我做的事情有多糟。不，不如说我很感激你。我并不是喜欢别人从暗处偷看自己，我想说的是，通过你的持续监视，我得到了你这个人的视角。这么棒的事情在世上可不是常有的。”

我不太明白常叶的意思。

他直率地向我说明：“硬要说的话，我如此得天独厚，人生唯一的不幸就是从小就太过幸福了。这句话要由像我这样的人来说才有意义。幸福这件事，若是习惯了，其实会变得索然无味。就像每日三餐都吃糖果点心一样，舌头会麻痹，渐渐尝不出味道。我没有骗你。几乎每天都有各种各样的人称赞我，数不清的女生向我抛媚眼，我还有一个完美无缺的女朋友。有一天我突然发现，尽管拥有了这些，我却什么也感觉不到……之后我的脸上一如往常地挂着笑容，内心却宛如嚼蜡般过着每一天。伤脑筋的是，面对开心的事，我完全开心不起来，但似乎一碰到令人难过或生气的事情，悲伤或愤怒的情绪就来得汹涌。看样子我似乎对愉快的事迟钝得吓人，对讨厌的事却比从前更加敏锐了……可以给我一根烟吗？”

我沉默着将长红香烟和打火机递给常叶。他以熟练的手势点燃香烟，盯着打火机上的莫里西图案几秒，然后还给我。

我突然觉得，或许常叶知道亚弥会抽烟吧。如果他不知道，就亚弥的事来说，我能赢过他的也只有知道她会抽烟这件事。因此，我仿佛要紧抓住那段记忆般在脑海中反复回味，想着亚弥那夹着细长香烟的美丽手指。

“但是，”常叶吐了一口烟后继续说道，“因为你的出现，我的想法稍微产生了变化。也就是说，事情是这样的：通过你跟踪我这件事，我得到了你这个人的视角。在你跟踪我的时候，我想的不是‘他为什么要跟踪我’，而是‘在他的眼里，我是一个怎么样的人’。我对这一点反而比较有兴趣。睡觉前，我总会回想当天的种种事情，想象着过了那样一天的我在你的眼中会是什么样子。我忍不住这样想象着，因为像我这样的人热衷于独处时开反省大会。世上也有这样的人，会一整晚思考当时自己的行为举止给周围的人留下了什么印象，当时那个人对自己说的话有什么意义，诸如此类。”

我在心里暗自说道，这种事不用你说我也知道。姑且不论其他人，我自己正是这种人啊。

常叶利落地在指间转着点燃的香烟，接着说道：“大概是在你开始跟踪过后两周左右吧，我突然发现自己的内心发生了某种重大的变化。一时之间我还不敢相信，我那已经麻痹的感觉恢复正常了。”

常叶不是在讽刺，而是真的像在叙述一段美丽的回忆。

“早上一起床，我的胸口就满怀对那天的期待。看着镜子，我便打从心底觉得能以这副身躯出生真是太好了。走在街上时，我觉得每个擦肩而过的人都好可爱。看着女朋友的脸，我的心中为能遇见她而充满感激。花儿那么像花，石头那么像石头，用尽全力般强调着它们的独特性，一一映入我的眼帘。一切都很正常，可说是正常过头了。不，应该说，或许我有生以来第一次能以正常的眼光看待事物。我幸福得要死。我渐渐能将理所当然的幸福不再视作理所当然……一开始，我以为这只是暂时的。实际上，随着时间的流逝，这种心情渐渐变淡了。我和朋友在学生食堂里吃午餐时，那种幸福感宛如一开始就不存在似的，消失得无影无踪。我因此感到失望，不过吃完饭后抬起头来时，我的确在远处看到了你的身影。那一瞬间，我的幸福感回来了，甚至比从前更加清晰。毫不夸张地说，当时我真的想站起来大喊万岁呢……我终于发现，这份幸福感是你给我的。我借你的视角审视自己，可以用全新的目光再次看待从前被视为理所当然的幸福。”

常叶的话暂时告一段落。

我一直默默地听着，但能理解他所说的话。第二人生里的我因背负着多余的记忆而落入对现状过于不满的境地，我和常叶的处境很相似。

“有件事我可以充满自信地说，跟踪我的那个人一定得是你才行。如果跟踪我的不是你而是其他人，我不会这么热切地思考跟踪者的心情。从这层意义上来说，我对你满怀感激。听起来或许很像在讽刺你，但你这个人在有些地方和我很像。希望你不要不高兴，老实说，看着你，我总觉得如果自己走错一步，可能就会变成这样……我们两个人的基础想必是一样的，人生的初期条件一定接近得不得了。虽然因环境的些微差异和命运的恶作剧导致了现在的落差，但以可能性而言，我们应该是在相同的起点出发的。正因如此，我才能了解你的心情，也能轻易想象你看着我时的感受。”

说到这里，他从包包里拿出深蓝色的皮革笔记本。“请稍等一下，马上就好了。”他一边说着，一边在笔记本上开始写些什么。大约三分钟后，他撕下刚刚写下的那页笔记交给我。

我看着手上的那张纸，心里没有生气，甚至感到佩服。

常叶解释了一下纸上的内容：“我到现在还是不知道你为什么跟

踪我。不过，如果你今后还愿意继续这项没有意义的行动，就请参考这个吧。关于之后的行程，我把现在已经决定好的事项都写上去了。跟踪也很辛苦吧？圣诞节也临近了，随着圣诞节的到来，我的生活会变得更加充实。如果你愿意看着这一切，对我而言，没有比这更令人高兴的事了。”

52

行道树和临街的店面都摆上了装饰，所到之处都播着圣诞节歌曲，地铁站前摆了一棵巨大的杉树，街道终于完全染上了圣诞节的色彩。

我和常叶在桥上对话后过了四天。我一如往常地跟踪常叶，在车站的咖啡店里一边喝咖啡一边等待他现身。从这间咖啡店可以清楚地看见车站前的广场，那里是常叶和亚弥约会时经常碰面的地方。

周围坐着的不是成对的男女就是成群结队的女生，每个人都投入聊天当中。只身一人的顾客好像只有我一个。

我将马克杯拿到手边，喝了一口。咖啡已经冷掉了，喝起来就像清洁剂。

我到底在做什么啊？

说明白一点，跟踪常叶几乎已经没有意义，毕竟他看穿了一切。我不可能对他出手了。

然而，我却拖拖拉拉继续跟踪，是因为我想记住。

关于第一人生的记忆本来就不太具体，最近又变得更加模糊不清了。总觉得一个不注意，我甚至就会忘记自己正在经历的是第二人生。老实说，跟踪常叶然后看着他和亚弥在一起的样子，能有效地强化我的记忆。若不这么做，我就会以为自己打从一开始就是现在这副模样吧。

说不定那样还比较幸福。因为有比较的对象，所以我的第二人生才会看起来比实际上糟糕。

积极一点说，我现在的人生也不是那么没用。我就读的大学不算太差，现在我有许多书要看，很多音乐作品要听。我有一个妹妹，她虽然令人捉摸不透，但大致上还是很关心我。不过，这一年的茧居生活又该怎么说呢？只要当作自己是重考一年就好了。

虽然这么想，但这是不可能的。如果忘记了第一人生，事情就会变得很简单。然而，就算知道这份记忆会令我无比痛苦，我也不想忘记第一人生。无论如何我都想记住，这个世界以及人生中有过那么美好的事物。如果要忘记那些才能在第二人生中幸福生活，我宁愿抱着第一人生的记忆死去，我是真心这么想的。

亚弥比常叶早一步来到广场。她坐在长椅上，将一个绿色纸袋放在旁边，抬头看向车站的时钟。

反跟踪……之前常叶说拜托熟人进行了反跟踪，那个人该不会就是亚弥吧？如果是，那真是糟透了。或许那天在图书馆相遇时，亚弥已经知道我在跟踪常叶了。她会特别亲切地向我搭话，可以看成是为了掩饰自己的动摇。

过了几分钟后，常叶出现在广场上。亚弥看到他后提起纸袋，骄傲地拿给他看。他也表现出吓一大跳的样子。

袋子里装的可能是提前准备的圣诞礼物，也可能是生日礼物。常叶和我都是在十二月二十四日这天生日。亚弥或许会避免把圣诞礼物和生日礼物混在一起，故意提前一个星期先送生日礼物，这也不奇怪。

收下纸袋后，常叶突然注意到什么似的，看向了完全无关的方向。不，可以说他是径直看向了我，看来似乎注意到我在这里监视他了。

他竟然还朝我挥了挥手，真是直率啊。

我慌慌张张地低下头，躲入他们视线的死角。我的脸一下子热起来，不自觉地抱着自己的头。

真是的，我到底在做什么啊？

53

好一阵子我都无法抬起头来。大概过了十分钟后，我心想常叶和亚弥应该已经离开广场，便抬起头，那时才注意到坐在左侧的那个女生。

这又是一件好笑的事了。那个女生和我相隔四个座位，以和我非常相似的姿势抱着自己的头。在这种地方，一男一女隔着几个座位用同样的姿势抱着头，这也太奇怪了。

当我注意到那个人就是柊的时候，情况变得更诡异了。

这么说来，她好像也在跟踪常叶吧？我想起来了。该不会柊也和我一样吧？或许常叶也发现她在跟踪他，揭发她之后，也周到地将自己的行程告诉了她。虽然常叶对我说过："跟踪我的那个人一定得是你才行。"但那也表示如果是柊也可以。从这层意义上来说，我和柊几乎就像双胞胎一样。

柊从座位上起身前往柜台，续了一杯咖啡，似乎没有注意到我在旁边。她这天的打扮和我上次看到的完全不一样，身上穿着有点土气的白色毛衣，却莫名地适合她。有些人就是不适合时髦的装扮。要说的话，我也是这样。

柊续了咖啡后走向自助调味区，打开纸杯的盖子，疯狂地加入砂糖。真希望你也能看看那幅景象，她就像要把咖啡拌到浓稠一般加入砂糖。她拿着那杯像在砂糖里加了咖啡的饮品回到座位，双手捧着杯子，小口小口地啜饮起来。

看到她这个样子后，我突然感到非常怀念，以至手脚发麻，就像收音机里正在播放十年前自己非常喜欢但这几年完全没有再听过的流行歌曲一样。

我盯着柊喝咖啡的样子看了好一阵子，但完全找不出自己是对什么感到怀念。不过，这种感觉不是来自其他事物，确实来自柊。

当然，对我来说，柊本身是从很久以前就很熟悉的对象，我们从初中开始就分在同一个班。然而，正因为这样，事情才奇怪。面对一直在你身边的对象，应该没有怀不怀念的问题吧？我本来应该对柊没有这种感觉才对。

在思考的过程中，我终于成功找到适合的词形容这种感觉——

似曾相识。

我在哪里曾看过一次这幅景象，不，不止一次。我在这间咖啡店里看过无数次柊的侧脸。那不是第二人生的记忆，所以一定是第一人生的记忆。

眼前的柊和什么重叠在一起。接着，巨大的不安向我袭来。

是不是发生了什么天大的误会？

柊抬起头来，终于与我眼神交会。

我们还是没有出声打招呼，不过在高中的三年里，我们已经变得很擅长用眼神交流了。

柊的眼神有着千言万语。只要看着她的眼睛两三秒，我就隐约了解到许多事了。

因此，当柊别开视线时，我已经完全确定了。

她拥有第一人生的记忆。

54

归根结底，我为什么会认定亚弥是我第一人生里的女朋友呢？她的确符合我记忆中女朋友的特征：一双充满困意的眼睛、长长的睫毛以及明确的想法。话是这么说没错。

可是，难道没有其他女生符合这些条件吗？我好好检视过所有可能性吗？

我再一次看向柊。

不用说，柊的眼睛看起来总是一副充满困意的样子，睫毛也很长。虽然不确定她是不是拥有明确的想法，但我知道她和我非常合得来。

我终于明白一切了。

我了解到自己在更早之前就犯下了过错。

我了解到自己做出了比想象中更愚蠢的选择。

也就是说，事情是这样的——被夺走原来位置的不止我一个。

初中告白时，我完全弄错了对象，即使犯下罪行也想夺回的女朋友并不是我以为的那个人。

我一直在暗处看着的那两个人都是分身。

不仅是常叶，连亚弥也是分身。

而我真正的女朋友始终待在我的身旁。

也就是说，柊，这个唯一能和我比惨的女生，才是我第一人生中真正的女朋友。

55

知道过往的恋人就在身旁，面对着相同的情况和烦恼时，我高兴不起来。

不，我的内心变得更加绝望。

要说为什么，那是因为——就算身边的柊以前真的是我的女朋友，但我现在喜欢的是身为假货的亚弥，亚弥更像第一人生里的她。

我在意的并不是原版与否的问题，而是“是否能带给我和第一人生相同的感觉”。我对发生变化的本尊已经没有兴趣。也就是说，正确答案不一定是真正的答案。就算是一场误会，只要持续十年，对本人来说，那就已经是不想修正的事实了。

知道我所追求的亚弥在第一人生中并非我的女朋友后，我感到十分失望。因为这么一来，我就真的失去了自己能和她在一起的依据。我一直以来相信着的红线，那端系着的不是广场上的亚弥，而是身边抱着头的那个女生。

知道柊是我第一人生里的女朋友这个事实后，我再次看向她，就像从客观的角度看着第二人生里的自己一样。在第一人生中认识我的人，看到现在的我会是什么感觉？我看着柊，便再明白不过了。

嗯，感觉不是很好。

就这样，这实在说不上是命运的重逢。第一人生里的女朋友寂寞地看向广场，看来她需要某个温暖的人在身边。我想这次绝不是什么误会了。

然而，我没有对柊说什么话便离开了咖啡店。就像我需要的人不是柊而是亚弥一样，柊需要的应该是常叶吧。

我说不清是怎么回事，不过所有问题的根源还是在我的身上吧。如果我没有弄错一见钟情的对象，对我而言，对柊而言，现在不但能完全重现第一人生，还能过着幸福的日子吧。不，要说过得比第一人生还幸福，也绝不是不可能。

只要我没有做那些多余的事，不只是柊，我的妹妹、父母和臼水，这些人一定都可以步上更加幸福的人生。

想到这里，我打断了自己的思绪。

我心想，已经够了。

看样子，真的是时候忘掉第一人生的记忆了。

56

我点燃香烟，祈求世界的终结。我用尽全身的力量祈祷，认识我的人和我认识的人全部消失不见。这么一来，我应该就可以从头来过吧？

到时候，我一定会尽全力避免和谁产生任何关系，就这样生活下去。我已经受够“他人”这种不确定的因素了。我当然知道要完全独自生活很困难，不过如果是在如今这样的社会里，尽可能过上独居生活也不是什么难事吧？现在不是有很多人在无人知晓的情况下生活着，又在无人知晓的情况下死去吗？

回到家后，我就像冬天的烟囱般不停地吐着烟。妹妹离我远远的，讲了好几次要我别抽了。但我没理她，继续吐着烟。我想让烟雾充满房间和脑袋，要是什么都看不到就好了。

由于我无视妹妹的抱怨是史无前例的事，她似乎吓了一跳。妹妹是典型的“在家一条龙，在外一条虫”，骨子里其实很胆小。发现我和平时不同后，妹妹马上消了气，没有再说话。

在我抽完第十二根烟后，妹妹犹豫地说道：“哥哥，我记得你以前不是说过讨厌烟味吗？为什么会开始抽烟呢？”

我拿着第十三根烟抽了两口后，这么回答：“大概是因为没有会担心我的人了吧。”

根据模糊的记忆，第一人生里的我在某个时间点以前是一个香烟不离手的人，但因为女朋友很担心，后来就戒了。她没有刻意责骂，但说了“我不希望你做会减少寿命的事”这样的话，我就戒烟了。我觉得亲手减少能和她一起相处的时间是一件很蠢的事。

然而，在第二人生里，现在没有一个人会为我担心，也没有一个人会介意我的寿命是否会减少。或许这就是我会抽这么多烟的原因吧。

妹妹好像不太明白我话中的意思。按我刚刚的说法，就像在不久之前还有人关心第二人生里的我是否健康一样。

不过，她没有进一步追问，大概是知道就算问了我也不会回答。相对的，她慢慢地靠近我，将手悄悄地伸到我的嘴边说：“这样吧，因为我会担心，所以别抽了。”

她说完用指尖抓住香烟，从我的口中抽走。

我确认了一下妹妹的表情。她看向我的眼神还是那么冷静，但眨眼的次数稍微增加了。

我又点燃了一根烟，吐着烟雾。

妹妹咳嗽起来。

我从口袋中拿出一张纸条看，上面写着常叶的行程。我把纸条放在烟灰缸里，试着将打火机的火焰靠过去，却怎么也无法下手。因为上面还是写了和亚弥有关的事，不过只有一点点就是了。虽然不甘心，但即使是这种纸条，只要写着和亚弥相关的内容，对我而言就是宝贝。

在烟灰缸里熄掉香烟后，我拿起桌上的书翻了翻，却完全看不进去。

话说回来，之前我真的觉得自己有办法除掉常叶吗？

假设真的成功了，我真的觉得亚弥会喜欢上自己吗？

只能说我的脑子不正常吧。

或许是身体对打击起了防卫机制，一回过神来，我发现自己狠狠地睡了一觉。仿佛脑细胞要坏死一般，我睡了十四个小时左右。

隔天醒来时，妹妹已经不在了。

第三天，第四天，妹妹都没有要回来的迹象。

57

如此这般，我放弃了除掉常叶的计划。之后我才明白，所谓的愿望，最可气的是会在你停止祈求的时候实现。

一个星期像眨眼般过去了，十二月也进入了下旬。自从妹妹离开后，只要看到以天为单位的兼职，我都会一个接一个地去应聘。那个时期刚好邮箱收到大量招募兼职的邮件，只要有心，想毫无间隙地排满十二月的行程也不是问题。

事到如今，存钱也没有什么意义了。我只是想放空自己，比从前更想忘记各种各样的事。不需要跟踪常叶后，我的时间也空出了很多。

总之，我希望一整天都被约束得紧紧的。每天我做着需要留宿过夜的饭店服务工作、无聊的活动支持或指挥交通这类工作。和陌生人一起工作总是令人感到不耐烦，而且这类工作有一个固定模式，经常有那种精力过度旺盛的正职员工不合理地斥责兼职员工。反正没有一种兼职是有趣的，我的心情也没有好转。尽管如此，还是比什么都不做来得好。

深夜回到家后，我会喝着掺了冰块的便宜威士忌，快速翻阅妹妹留下的书籍。等到有睡意的时候，我再一边听着音乐一边钻进被窝里。只要习惯了，停止思考其实是一件很简单的事。

第一人生的记忆一下子变得模糊不清了。

某天，结束兼职后我走上回家的路，在积着薄雪的道路上打开手机，打算确认隔天的行程，却发现有一封邮件和一通语音留言。邮件是学校寄来的，但我连邮件主题都没看就删掉了，反正内容一定是要我赶快决定到底要不要休学之类的。

问题是那通语音留言，留言显示是从公共电话打来的。

虽然这样说很傻，但我一开始以为那通电话是常叶打来的，之后又马上期待着说不定是亚弥打来的电话。事到如今，我还是抱有毫无根据的期待，心想在我面临困境时亚弥都会出现帮助我。我还真是一个不可救药的笨蛋。

当然，亚弥没必要打电话给我，那通电话是妹妹打来的。

妹妹以几乎听不见的声音说着："哥哥，我希望你回家……听我说，爸爸妈妈这次真的闹得很严重。如果离婚能解决还好，可是这样下去，或许离婚也无济于事了……你回来或许也没有办法，但我已经不知道该怎么办了。"

在几秒的沉默后，妹妹最后低声说道："哥哥，我讨厌这样。"

我也讨厌啊。

58

我不想直接回去，便没有拐过原本应该拐弯的转角，接连在不该转弯的地方转弯。刚刚工作流的汗水已经干了，总觉得身体以一种不健康的方式冷却下来。天气真的很冷。

我不自觉地哼起电台司令（注：英国摇滚乐队）的*Creep*（注：电台司令乐队于1992年发行的单曲，这首情歌的歌词主要描写了在完美的天使面前对自己的怨恨与哭诉）。说来不好意思，第二人生里的我非常理解推崇这首歌的人的心情，因为我不是一个配得上亚弥的完美人类。

我走进车站前的商业街，看到十几个穿着小学校服的孩子正拿着手摇铃演奏，我不知不觉间停下脚步聆听。仔细一看，他们演奏的乐器不仅有手摇铃，还有手风琴和雪橇铃。真的很好听。负责指挥的人看起来是他们的老师，露出了开心不已的表情。

我离开商业街，走进住宅区。在那里我看到一户人家，夸张地在屋子周围摆满灯饰。孩子们闹成一团，父母则努力地往屋子的墙壁、树木以及围墙摆上灯饰。我在不远处看着他们。

眼前的这幅光景太过遥远，我吓了一跳，心想为什么我会和他们如此不同，感觉就像是不同的生物。

过了一阵子，孩子们喊着："一，二，三。"接着，色彩缤纷的灯饰同时亮起来，屋子一下子变得像游乐园一样，还浮现出圣诞老人和驯鹿的图案，真是了不起。

我逃也似的离开住宅区。这里有太多相似的幸福家庭，我担心再看到同样的景象，自己会承受不了。

我漫无目的地走着，来到经常光顾的小便利商店门前。我原本打算直接走过，却改变心意进入店里，一边抵抗着想以热咖啡罐暖手的冲动，一边迅速地拿了一小瓶威士忌前往柜台。

一如往常，值班的店员是榛小姐。她个子很高，不过绝不是模特的那种体型，感觉连她本人也认为自己的身高很多余。她比我大三四岁，头发是浅棕色，声音宛如喝醉酒般低沉，给人一种直来直往的印象。

我光顾这家店的时间几乎都是晚上十一点左右，每次来都是买一瓶长罐发泡酒和一包红色包装的长红香烟。我也不是有什么特别的偏好，应该说，正因为没有偏好，所以才会购买以最便宜的价钱就能打发的组合。

由于我好几十次都是买相同的东西，对方也认得我的脸了。之后只要一看到我走进店里，榛小姐马上就会从架上拿出一包长红香烟等我结账。想必她每次看到我，第一反应都是买廉价酒和便宜烟的人吧。真是难为情。

别人都特地帮你准备好了，我也不会突然说“请给我五包和平牌香烟吧”什么的。因此，我这几个月一直抽同一个牌子的香烟。

然而，这天结账时我拿的是威士忌和巧克力片，而且没有买烟。榛小姐似乎相当惊讶，将商品装进袋子里时，动作比平常僵硬。

“你今天不买长红呢，戒烟了吗？”

榛小姐将袋子递给我后，客气地向我询问。我很喜欢她的这个反应和看似真的感到惊讶的表情，让我的心情稍微平复下来。更重要的是，她愿意对我这种人所做的事表现出些许关心，这令我十分开心，即使那是无聊的购物小事也好。

“没有，我是为了吓你才这样的。”我回应道。我好久没有在别人面前开玩笑了。

“我真的吓了一大跳呢！”榛小姐笑了，“那么，你不是在戒烟，对吧？”

这么说完后，她思考了一下，自言自语道：“应该没关系吧。”然后，她拿起脚边的小塑料袋递给我。

“这是过期的香烟。我以前不知道香烟也有保质期，不过日常抽烟的话，这些倒是完全没问题。其实店长要我全丢掉，但我觉得可惜，就偷偷给你吧。”

我盯着塑料袋，里面大约有二十包香烟，都是不受欢迎的牌子。

“可以吗？”

“不，不太可以。不过，拿去吧。”

正当我犹豫是否真的要收下时，榛小姐从柜台里探出身来，拍了拍我的肩膀说道：“我可是反圣诞老人那一派的。为了对抗会给好孩子送玩具的圣诞老人，我就送给坏大人酒和香烟吧。真正需要礼物的不是好孩子，而是坏大人呢。你赶快拿着那个袋子离开吧。”

我苦笑着问她：“你讨厌圣诞节吗？”

“我喜欢圣诞节啊，从小就很喜欢……问题是我没有资格参加圣诞节的活动。看样子对我而言，这个国家的圣诞节门槛稍微高了一点。”

由于有别的客人拿着商品来到柜台，我便向榛小姐道谢后离开了商店。

我迅速打开一包收到的香烟抽起来，在冬夜的街上闲逛，没有拿香烟的左手则插在口袋里。一方面是因为寒冷，另一方面，把手插进口袋里算是我的一种习惯。总之，空着手时就会想把那只手放进口袋里，否则就会感到不安。

我想过自己为什么会这样。或许在第一人生里，我经常和谁牵着手散步。然而在第二人生中，我却连一个牵手的对象都没有，所以手才会觉得寂寞吧。就像俗话说，没办法戒烟的人是因为忘不了哺乳期，所以嘴巴会寂寞。

我走在路上寻找合适的场所，发现了一座合适的公园。那座小公园位于桥下，周围是枯萎的树木，空罐与纸盒掉落在其中，篱笆到处是破洞，十分符合我的喜好。

我坐在长椅上，在扶手上捻熄香烟。红色的火花四散，有些坠落地面后仍持续发亮，过了几秒后又熄灭了。我打开威士忌的瓶盖，直接就着瓶口慢慢地喝下去。还没来到公园之前，威士忌已经变得冰冷，但光喝一口，胃就变得暖和了。

我一开始只是和自己开玩笑，想喝醉后在外面走上一晚，让自己稍微受点苦。不过，要是这样喝醉后一觉睡下去，或许我真的会冻死也说不定。酒精一下子在疲惫的身体中蔓延开来，身体的感觉瞬间就麻痹了，我舒服得想睡觉。托榛小姐的福，我的心情稍微好转了。我开始思考，或许这样死去行得通吧。

要是心情再差一点，我应该不会想到自杀，其实最危险的是心情从谷底恢复一半的时候。

对于突如其来的机会，我感到兴奋不已。很不可思议，来到这个阶段后，后悔变成了一件很舒服的事。只要是强烈的情感，怎么样都可以让人觉得舒服。转念一想，那几乎就像是别人的事情一样。一不小心，人连绝望都能享受。

因此，我努力试着回忆一些悲伤的事，想在临死前后悔一番，决定直面自己一直以来尽全力逃避思考的事情。

疲劳和酒精使得脑袋一片空白，我似乎无法思考太过严谨的事。不过，在“后悔”这个词的牵引下，脑海里还是浮现出好几个画面。

第一个画面当然是，如果我和亚弥能顺利交往的影像。我们两人漫无目的地聊着，就像那天在图书馆里说着琐事一样，这样的情景在我的眼前浮现。

影像不是只有这些，脑海里接连浮现出或许有可能发生的美好事物。

关于那些影像，我就不在这里赘述了。

不过看着那些影像，我稍微吓了一跳。在想着那些可能会发生的幸福时，我明白了一件事：幸福的碎片似乎就散落其中。

然而，我却将它们全部忽略了，抑或是亲自踩个粉碎。为什么会这样呢？那是因为我总是在想第一人生里的事情。

59

我坐在那张长椅上，待到凌晨四点左右。身体止不住地颤抖，我像快生病了一般咳嗽着，但完全看不出自己有死亡的征兆，只是觉得很冷而已。最后我回到家里，一边发抖一边裹着毯子睡去。

我想起小学时一遇到实在不想参加的活动，就会拼命冲冷水希望自己感冒，而这种事往往不会成功。

下午天色微暗时，我醒了过来，打开电暖器。虽然没有食欲，但我还是勉强将玉米片和牛奶灌进空荡荡的胃里，走到门外抽着榛小姐送的烟。虽然身体有点无力，但没有感冒或得肺炎的迹象。白努力了，我的身体非常健康。

再次回到屋里时，我心中有个计划成形了。

我是这么打算的，继续过着像现在这样不停打工的生活，存到一定钱后离开这里，四处旅行。我要尽可能地往南方移动。当身上的钱耗尽时，我也可以当一名流浪汉。简单来说，我打算效仿第一人生里的好朋友臼水。

这样听起来有点愚蠢，但我真的非常喜欢臼水的这个想法。没错，乐趣只有偶尔的几顿饭，娱乐则是看着星星和花朵，听听虫鸣鸟叫，把天气当作人生大事，就是这样的生活。

重启人生

在我过着流浪汉的生活时，也许有一天会遇到同样身为流浪汉的臼水。到时，或许我们可以像第一人生那样，再次成为好朋友和平相处。我们分食一块面包，和其他流浪汉争地盘，同心协力搜集瓶瓶罐罐，并为谁找到了更多空罐这种小事而争吵……我们会像这样相处。

每天我都会在星空下睡去，在太阳下睁开眼。这么一来，我也可以不用再理会第一人生的事，每天只要专注在衣食住行上就好了吧。这样不就是人过的生活吗?

然而，我在内心某处却以极为冷静的角度审视这份幻想。最后我可能没有遇到臼水，又适应不了流浪汉的生活，然后独自一人在悲叹中死去，直到最后还说着:“事情不应该是这样的。”

就算我死了，也不会有人在意吧。不，或许妹妹会为了我流下眼泪。那家伙虽然外表看起来是那副德行，但骨子里很为哥哥着想。我最近才发现，这一点在第二人生中也没有改变。妹妹会特地跑到我的住处，讨厌家里是一个原因，但我想有一半原因是为了安慰我才来的。这也可能是我的误会，但要怎么想是我的自由。

我消失之后，家人会变得怎么样呢？家里终究会一发不可收拾而崩塌吗？或者为了填补我不在的空缺，三个人并肩生活呢？无论如何，都会比现在这种不上不下的状态好得多吧？

我不是出于自我牺牲的精神才想死的，不过，如果我的消失能带来一些好事，对我来说会是一种小小的救赎。这是我个人的问题。

就这样，我继续沉浸在这种自暴自弃的思考之中。讽刺的是，一旦抛下对这个世界的执念，世界在我的眼里反而充满魅力。没错，要论我生活着的这个世界，那是不怎么样，但去除掉这种私人感情后，这个世界依旧美好。

过了一会儿，我前往打工的地点。现在就连在那里看到的廉价圣诞节灯饰都能给予我充分的感动。路灯照在飘落的雪花上，将雪花染成橘色，怎么看都看不腻。仔细观察垂在屋檐下那一根根普通的冰柱也可以让我感到快乐。

我就像有生以来第一次拜访下雪的街道一样。

这不难理解。就算是平常觉得没什么大不了的事物，在失去或体会到即将失去的那一刻，也会突然感觉像是无可替代的宝物。在想死的瞬间，生命开始闪闪发亮;在想活下去的瞬间，死亡则会散发出甜蜜的气息。

不过，再怎么清楚这个道理，直到真正失去之前也不会有真实感吧。关于这一点，人类还真是不怎么懂得变通呢，真是麻烦的生物。

60

不用说也知道，第二人生里的我最讨厌圣诞节了。

话虽如此，但我不是讨厌圣诞节本身的精神或是不喜欢基督教。我讨厌的是人们口中讲着“圣诞节”时，不过是把它当作借口这件事。这就像对“志愿者”这个有时带着一点可疑性的词语感到厌恶一样，并不是志愿者本身有什么不好。

原本第一人生里的我也会以圣诞节为借口尽情玩乐，所以我很清楚第二人生里的我会讨厌圣诞节只是心态偏激罢了。基本上，讨厌得不到祝福的生日也是理所当然的。

不管是偏激还是嫉妒，讨厌就是讨厌。因此，当我知道十二月二十四日的兼职任务时，我真的觉得完蛋了。

我应聘了所有看得到的兼职，但只注意到兼职时间和应聘条件，对重要的工作内容则看都没看一眼。我在二十四日当天早上才知道，工作内容是一整天待在人潮聚集的百货公司里，打扮成圣诞老人的样子协助抽奖活动。

虽然要请假也可以，一整天待在家里也很吸引人，但我似乎有些提不起劲。不管选哪一个，都可以预见我的心情会变得很糟糕。既然如此，能赚钱的选择还是更胜一筹。得出这个结论后，我离开了家。

我无精打采地走进百货公司的员工专用通道，那里已经聚集了大约二十个和我一样在圣诞节前夕打工的稀有动物。大部分人看上去都是圣诞节没有约会的家伙，不过也有零星几对情侣特地一起来兼职。拜他们所赐，现场的气氛十分尴尬，还挺好笑的。

来兼职的大部分是大学生，有一半是和朋友一起参加。包括我在内，独自来打工的只有四个，其中一个是看起来很有工作经验的男生，还有一个是完全不介意周遭目光、戴着耳环的男生，最后一个是四人当中唯一的女生——没错，你已经猜到了吧。

那个家伙直直地站在角落里，看起来很不自在。我很熟悉这个女生，是柊。柊看到我后轻轻地点了点头，我也向她点头。可照这个样子看来，她似乎还没有发现我的真实身份。

话说回来，我们竟然会在这种地方相遇，看来思维模式真的很像，真不愧是第一人生中的情侣。她大概也觉得比起窝在家里，选择来这里比较好吧。

集合后过了几分钟，工作人员开始向我们说明工作内容，我久违地听见了“两人一组”这句咒语。不出意外，我和柊都没有对象组队，被剩下的两人便分在了一组。自从高中毕业后，我就再也没有经历过了，有一种令人怀念的尴尬感。

我们穿上闷热的圣诞老人装，甚至还戴了帽子，按照要求向兴致高昂的一家人或情侣说“恭喜恭喜”“圣诞快乐”这些恐怕心口不一的话。坐在桌子对面的人里，没有一个看起来不幸福。我看着身旁的柊，心想我们曾经也是那样的人。柊努力摆出笑容可掬的样子，看着那样的她，我忍不住感到心痛。

61

到了休息时间，我们回到满是灰尘的会议室，拿到分发的便当。便当的包装是圣诞节的色彩，但里面的饭菜很普通。我大约吃剩一半，将便当放回纸箱后，把通行证收进口袋，开始逛百货公司。这不是我第一次在这里工作了，这里的管理比较松散，到处走动也不怎么会被骂。

由于是圣诞节，百货公司里都是人潮，但五楼的乐器行没什么客人。虽然没有特别想买的东西，我还是自然而然地走到了乐器行。

我看着吉他和电子琴，想起高中时常去的那间音乐教室。毕业典礼预演那天，我也在那里见到了柊。想到这里，我的表情放松了一些。

从乐器行的角落走到另一个角落，我发现了一个喜欢的东西——HOHNER（注：德国一家乐器公司，是世界上最大的口琴生产制造商和知名的口琴品牌）的Marine Band（注：HOHNER十孔口琴的经典系列，从1896年生产至今，纯手工制作和调音）。那是十孔口琴，琴身是木制的，设计很合我的口味，有类似手枪的那种功能美感。Marine Band这个名字也很动听。

我突然想将这个作为圣诞礼物送给妹妹。就算她对乐器没有兴趣，到时只是摆着当装饰也好。以口琴来说，Marine Band的价钱有点昂贵，但我毫不迟疑就买了，还请店家帮我包装好。

离开乐器行后，我才发现口琴真的非常适合妹妹。我能轻易想象到她用那双小手拿着口琴熟练吹奏的样子，她在第一人生里真的吹过口琴吧。

之后，我走向百货公司外面的吸烟区。待在室内时我尚未发觉，原来外头下着大雪。不知是从什么时候开始下的，有些地方已经积了十几厘米的雪。云层很厚，明明是白天，外面却昏暗得几乎像入夜了一般，许多车都开了车头灯。

我不经意地看向停车场，一辆看着眼熟的蓝色汽车映入眼帘。我的表情马上僵住了，那是我跟踪时经常看到的车，正是常叶和亚弥所坐的车。那种车型很少见，所以我看一眼就知道了。

我懊恼地想，早知道会这样，就该好好看看常叶给的预定行程表。如果知道他们两个今天会来这里，我绝对不会接下这份兼职。

抽完第二根烟后，我缓缓地走回休息室，从包包里拿出那张行程表看了看。根据行程表，他们两个接下来似乎准备去很高级的店里享用晚餐。真是令人不悦。

嗯，接下来发生的事你应该大致猜得到，常叶和亚弥来到我和柊工作的抽奖会场。

看到他们两人的瞬间，我马上环顾四周，寻找躲藏的地方。我死都不想在这个时间点遇到常叶。反正看到我在这样的日子里在这种地方做这种事，他一定又会深深地体会到自己拥有的幸福吧。我才不想当他的心情素材。

我躲进最先映入眼帘的场所——墙边那棵圣诞树的后面，高约五米的巨大圣诞树非常适合藏身。当我绕到树的后面时，有个人也从反方向绕过来。我慌张地止步，差一点和那个人撞到一块。

我和柊四目相对只是一瞬间的事。

不过，那已经足够了。我们并肩坐在圣诞树后面，等着常叶和亚弥离开。托大树的福，常叶和亚弥没有看到我们。不过，其间有个小孩特地跑来偷看，还喊着："妈妈，圣诞老人躲起来了，有两个！"这时我真想对他说："喂喂喂，饶了我吧。"

常叶和亚弥离开抽奖会场后，我思考了一下他们之后的行程。身旁的柊一直在叹气，大概也在思考相同的事。哎呀呀，我很少心情这么糟糕了。

过了五点，抽奖也接近尾声，几乎没有什么客人来会场。一直有人叫我们去休息，我和柊便在休息室里发呆。

休息室的角落里有一台老旧的木制收音机，上面设有两个巨大的转钮，音乐从收音机里窸窸窣窣地流泻出来。我没有其他可以看或听的东西，便仔细地聆听收音机里传出的音乐。

收音机正在播放一首我很熟悉的歌曲——

约翰·列侬的*Starting Over*。

我下意识地跟着收音机小声地哼起来。

重启人生

第一人生里的那一天，我也像这样哼着同一首歌曲。

等我注意到自己想起了原本想不起来的事情时，已经过了几秒。

之后，我发现第一人生的记忆正在迅速复苏。

信息多得不可思议，填满了我的脑海。

也是在这个时候，我想起了常叶和亚弥之后将面临死亡的命运。

62

以长远的眼光来看，人类的运气或许处于一种平衡的状态。虽说这大都是运气不好的人用来自我安慰的说法，但此时此刻我不得不这么相信。

神奇的是，我的心里毫无感觉。

这样啊，那两个人要死了吗？

只是这样。

硬要说的话，这应该是值得高兴的事。因为我还是一样恨着常叶，而亚弥终究也不会成为我的。既然无法得到，不如干脆消失好了。

我不觉得他们很可怜。这样不是很好吗？毕竟他们一直以来过着那么幸福的人生，不如说，能在幸福的顶点死去也是一种幸福吧。我这个多活了十年无用人生的人都这么说了，那就绝对没错。

时钟的指针来到六点。如果剧本按照我记忆中的进行，现在常叶和亚弥应该会关掉收音机，改用车内音响听CD。从*Lennon Legend*（注：约翰·列侬于1998年发行的个人精选专辑）的第一首歌*Imagine*依序播放。

然后，当第十二首歌*Starting Over*开始播放时，他们的生命便会消逝。

我起身走到休息室角落里的收音机前，调高了音量。

为什么记忆会在这个时间点复苏呢？我思考着这个问题。为什么我会在这个时间点被叫来休息呢？为什么这个房间里有一台收音机呢？对了，话说回来，这台收音机是从什么时候在这里的？至少上个星期，这里应该还没有收音机才对。

这些可以当成某种信号。

当歌曲接近尾声时，我得到一个毫无根据的结论——

老天爷还在测试我。

就像测试我来到第二人生能不能找到正确的对象一样——

这一次，它要测试我能不能做出正确的选择。

63

我用袖子擦了擦被汗浸湿的脸庞，面对镜子看着自己。镜子里是穿着愚蠢圣诞老人装的我。

“你有权利在最后知道一切。”我说道，“一切的罪魁祸首就是我，因为我喜欢上了错的人。如果不是这样，我应该可以按照当初的目标，重新过上几乎和第一次相同的人生。只要我没有改变，我的家人、臼水还有你，应该也会和第一人生一样，走向丰富多彩的人生。

“然而，我犯了最不该犯的错，搞错了喜欢的对象。而且，一直到今年冬天为止，我都没有发现这个错误，一直将错的人当成真命天女，不停地追逐着她。我是那么的愚蠢。因为这样，所有的齿轮都乱了。第一人生中和我关系亲密的人，在第二人生中几乎都过得很糟。我简直就像一个瘟神。

“第二人生里的我不适合扮演‘第一人生里的我’这个角色。因此，说到事情有什么转变呢，就是出现了分身。不是我，而是由另一个人来扮演我第一人生中的角色。而我的女朋友果然也不适合扮演‘第一人生的女朋友’这个角色，由分身取代了她的位置，我们两个则成了相亲相爱的丧家之犬。这样的情况或许也可以称作命中注定，但基本上糟糕透了。

“不是只有我喜欢上了错的人。不过，柊，你会弄错喜欢的对象也是无可奈何的事。毕竟要是认识第一人生里的我，任谁都不会把我而是把常叶当作第一人生里的我……话虽如此，两个人一起喜欢上错的对象，终于还是让事情变得一发不可收拾。我们彻底错过了彼此。

“我们都爱上了错的人……但是呢，我是这么想的，就算这份感情是因误会而生，但在第二人生里，那才是真实的不是吗？就算一开始是误会或错误，但我们在好几年的时光里喜欢着亚弥和常叶，这就是事实。现在对你和我而言，亚弥和常叶才是‘本尊’呀。

“可老实说，在接下来不到一个小时的时间里，两个‘本尊’会从世上消失……我想了一下，这对我们来说是最合适的发展。就算我们再怎么等下去，亚弥也不会变成我的，常叶也不会变成你的。而我们只要看到那两个人，就算不情愿也会想起第一人生的事，因而落入不停执着于过去的窘境。既然如此，亚弥和常叶干脆都消失好了。如此一来，我们终于可以从无法实现的梦和无法挽救的后悔中脱身。没错，当他们在我们面前消失的那个瞬间，我们的第二人生将重新启动。这一定是最实际也是最聪明的做法。忘记第一人生的事，也忘了常叶和亚弥……”

我的话在这里打住。

已经够了。

我离开厕所，回到休息室。面对休息室里的柊，我只要把刚刚练习的冗长台词直接说出来就好了。

只要这样做就好了。

64

至于回到休息室后我做了什么，真的可说是莫名其妙。看见用双手撑着脸颊听着收音机的柊，我马上拉起她的手冲出房间。

这也是没办法的事啊。我不清楚能不能独自完成接下来要做的事，而会相信我说的话并帮助我的人，似乎只有柊了。

看到在楼梯上奔跑的两个圣诞老人后，小孩的眼睛都闪闪发亮。嗯，毕竟是难得一见的景象嘛。有个小孩在电扶梯上和我们擦肩而过后，为了追上我们，拼命朝着电扶梯的反方向跑，却前进不了几步。那个样子真的很可爱。

65

柊愿意二话不说地跟着我，一定是被我握住手后感到怀念吧。

为什么我会这么想呢？因为我自己也有这样的感觉。

户外已经开始刮起暴风雪。我让柊坐进副驾驶座，自己坐上车后随即发动引擎启动车子。行车的视线非常糟糕，完全看不到路上的交通标线和标志，连人行道和马路也难以区分。

我从钱包里拿出常叶给的行程表，预测他们的开车路线。幸好，我很熟悉他们预约了晚餐的那家餐厅。从这里选择最短的路线开过去，途中应该可以看到即将成为车祸现场的十字路口。

从第一首歌*Imagine*播放至第十二首歌*Starting Over*，按一首歌四分钟来算的话，大概有五十分钟的时间，可以说是岌岌可危的生死关头。我们不仅要赶往现场，还需要做一些准备。我列举了一下需要且帮得上忙的物品：警示灯、指挥棒、照明设备、手电筒。总之，越亮越好。

一阵强风吹着大雪，瞬间遮蔽了视线。我条件反射般放缓油门，却发现正前方是中央分隔岛，便连忙打方向盘转向。喂喂喂，清醒点啊！我对自己说道。要是我们先发生意外，就得不偿失了吧？

明明面临这么紧迫的状况，我的表现却分外奇怪，忍不住露出诡异的笑容，真是拿我自己没办法呢。

做出不像自己会做的事，大概是人生中最有趣的事了。在第二人生中，我虽然一直受此困扰，但通过证明人类也能靠自己得到自由这件事，我感觉像对什么报了一箭之仇般，心情非常好。

我因遇到红灯而不得已停下车子。虽然也可以闯过去，但不怕一万只怕万一。我看了看表，时间似乎没有急迫到那个地步。

我不经意看向副驾驶座，柊盯着我看，眼神似乎在寻求解释。

我思考了一会儿，这样开口说道："原本死的应该是我们才对。"

不过，这样的说法可能不太贴切就是了。

66

“二十岁那年圣诞节，没错，就是今天。第一人生里的今天也下着暴风雪……你还记得吗？就像常叶和亚弥那样，我们也在离开那间百货公司后，选择了比平常高级的餐厅享用晚餐，然后打算两个人优哉游哉地回家。

“然而从餐厅回家的路上，光是暴风雪就足够让视线变得糟糕了。因为下大雪，竟然又发生了大规模的停电。换个角度想，那也挺浪漫的。停电了的圣诞节，可能是圣诞老人因视线不佳而绊到了电线吧。不过麻烦的是，我们开过的那条路，四周的红绿灯也熄灭了。看样子真的是大规模停电呢。

“当时我们听的CD是*Lennon Legend*。因为听到收音机播放的*Starting Over*，你说想听约翰·列侬的精选专辑，那种想法的确很迎合圣诞节的氛围。第一首歌是*Imagine*，第二首歌是*Instant Karma!*，然后是*Mother*，*Jealous Guy*，*Power to the People*，*Cold Turkey*，*Love*，*Mind Games*，*Whatever Gets You Thru the Night*和*#9 Dream*。当第十一首歌*Stand by Me*结束，第十二首歌——*Starting Over*再次响起时，事情突然发生了。

“由于停电加上风雪，视线内除了雪之外几乎什么都看不见。

重启人生

我很小心地开车，却突然感受到一阵强烈的冲击，真的是一瞬间的事，仿佛全身上下都要散开似的。几乎在同一时刻，我感受到一道刺眼的光芒。当时我们恐怕和卡车还是什么的相撞了吧。那里应该是十字路口，我却误以为是一条单行道。我们没有时间思考，也没有时间后悔，人生应该就在那一瞬间结束了……然而，下一次睁开双眼时，我的时间回到了十年前。不，准确来说，是我和你的时间都回到了十年前……这个或许可以称作圣诞的奇迹吧。总之，老天爷再给了我们一次机会。

“不过，为什么要特地让我们回到十年前呢？就算只是回到一分钟前，都足以避开那场意外。然而，我们却损失了部分记忆，还回到了十年前。也可能是因为回到了十年前，记忆才会出现缺损吧……假设是老天爷或圣诞老人那种绝对的主宰者给了我们机会吧。为什么那家伙要让我们的时间回到十年前呢？我得出了这样的结论:那家伙大概不会直接帮助受难的人吧，顶多再给一次公平的机会，只让我们躲开不合理的死亡。反过来说，它也只会做到这个地步而已。

“我不清楚详细的因果关系，但以现在的状况来看，能救我们的方法恐怕只有一个，那就是设立分身，在第二人生中把我们第一次身处的位置让给其他人。我们要放弃如诗如画般的幸福青春，接受和第一人生完全相反的第二人生。而我们偶然地成功了，常叶和亚弥将代替我们担任遭遇意外的角色……这样真的好吗？我不知道。毕竟即使在第一人生中的那一天结束生命，我的人生到最后还是非常完美。我甚至觉得，比起多活空虚的十年，那样才是正确的选择。

“如果这样放着不管，就会发生同样的意外，他们会失去生命。如果真的这样，对我们而言应该是理想中的发展才对。”

柊没有开口，静静地听我说着。我用余光看到她点了点头，又涌现出怀念之情。

“可是啊，”我说，“若真的要无视这个悲剧，今天又是庆祝气息太过浓厚的日子。毕竟是平安夜，我们又扮成了圣诞老人，圣诞老人在平安夜不散播幸福的话，要干吗呢？再说了，就像爱着第一人生那样，我内心的某个地方也爱着重现那段人生的他们。虽然不想承认，但常叶是我珍爱的分身；就算是一场误会，第二人生里的我爱着亚弥也是事实。关于这一点，你应该也是一样才对，所以我偶尔也想表现出像在过第二人生的样子，运用第一人生的反省和教训，期待更加美好的第二人生。”

67

我们来到即将成为车祸现场的十字路口，做完各种准备后，距离停电大概还有五分钟。多亏柊瞬间就完全明白我想说的事，我们才能这么游刃有余地做准备。

我们并肩站在路灯下，等待那个时刻的来临。

柊怯生生地向我搭话：“之前你也这样帮助过其他人吗？”

“不，这是第一次。”我回答道，“所以，我觉得现在这么做不太好。我本来是一个对无数可能获救的生命见死不救的人，这样的人事到如今却只去帮助自己想帮的对象。”

“不过，大家或多或少都是这样吧，我觉得我们不用特别有罪恶感。”

“原来如此，你这么一说还挺有道理的。”

“这也是我第一次利用记忆帮助别人。”柊说道，“进入第二人生后，我也从来没想过要运用第一人生的记忆做些什么。虽然我现在是这个样子，但其实希望第二人生能像第一人生那样度过……”

“我也是，”我马上接着说道，“没有道理不这样做。”

“就是说呢。”

柊一边点头一边笑着。她的嘴唇保持紧闭，只有嘴角微微抬起。

她的笑容和我的是那么像，还真是好笑。那是卑微的人设下防线的笑容，连幸福都会感到害怕的胆小鬼常常会有这种表情。

看着露出这种表情的柊，我的内心充满罪恶感。

“害你被卷进这种事情真的很抱歉。”我说，“本来我没有资格这样拜托你。没错，归根结底，这一切都是我的错。第一人生里的我要是开车再小心一点，事情就不会变成这样了。要是我没有犯下那种错，我身边的人，所有人本来都可以继续幸福地生活。”

柊举起右手的食指说道：“喂，我可以问你一件事吗？”

“什么事？”我回道。

柊冷静地说道：“或许我们接下来要做的事的确不太好，或许我们犯下了最糟的错误，搞错了应该珍惜的对象；或许因为你的失误，第二人生中许多人的命运转向了坏的轨道；或许这十年来改变的一切都再也无法挽回……尽管如此，正因如此，现在我应该没理由感到不开心吧？”

这番出乎意料的言论让我有点畏缩。

“呃……嗯，应该是这样没错。”

“能和你再次像这样说话，”柊眯起眼睛，“这种时候不是应该先为我们的重逢感到高兴吗？我们的确一直在彼此的身旁，但直到这个瞬间，才初次认识彼此不是吗？在第二人生中，这不是可以称作真正的重逢吗？”

我感觉自己的嘴角放松开来。

“说得也是。好吧，我们先庆祝一下重逢吧。”

这样的对话真的很像我们的风格。

柊僵硬地伸出双手。我温柔地抱着她，但是动作很僵硬。“不行，我好紧张。”柊自嘲地笑了。不管是拥抱还是被拥入怀里，我们已经相隔十年没有这么做了，会紧张也不是没有道理的。

“希望你不要太生气，”柊将头靠在我的胸口说道，“高中的时候啊，当时我看不起处于相同境地的你，通过这一点来保持内心的平静。一有难过的事，我就会先找到你在哪里，心想和那个人比起来，我还算好得多，以此让自己安心……我很过分吧？”

“我猜到你是这样看我的。”我苦笑道，“因为我也一样。”

柊沉默了一会儿。

“那么，”她抬起头说道，“我们也可以这样想吧，也就是说，你看不起我，我也看不起你，我们彼此借由这样的关系熬过了这几年。当我感到寂寞或空虚时，就算你不在我的眼前，我的内心也会浮现出你在身边的样子。如果你也一样，或许可以说，就某个层面而言，我们错失了彼此之后，反而一直支撑着对方的生活，不过是以一种非常扭曲的形式就是了。”

“真的很扭曲……”

我笑着表示同意。我们四目相对，然而因为长年累月的坏习惯，我们又下意识地别开视线。

不过，只有这句话必须好好地看着彼此的眼睛说出来。

我再一次认真地看着柊的眼睛说："那么，距离停电只剩一分钟了。我们差不多要去救那两个错爱但的确心爱的人了。"

我说完后，柊用力地应了一声，接着说道："不过，可以等一下吗？在灯光消失，眼睛看不见之前，我最后想确认一件事……本来我没有权利这样对你，毕竟我从一开始就追着除你之外的人跑。可我不像你那么守规矩，才不管有没有权利。"

"确认什么？"

几乎在我说完这句话的同一时刻——

柊倾身向前，与我嘴唇重合。

"对不起，"柊说，"只是这样。"

的确，要确认的话这样就够了。

在那一瞬间，我了解到许多事情。

或许我一直困在表象之中。第二人生中有限的记忆甚至让我的思维方式出现了致命的缺陷。

一直以来，我都忽视了无法言喻的感觉，尽管这种事也无法用言语来表达。我发现那些我自以为记得的事，其实一件都没有记在脑海里。我完全没有弄明白什么是重要的，什么又是不重要的。

我不应该介意没有真实感的第一人生，我应该将那份记忆当作有机会发生的一种可能性。

"原来你一直离我这么近呢。"柊垂下视线说道。

柊离开了我的怀抱。几乎就在她回头的同一时间，路灯一齐熄灭了。

真正的黑暗与我们无关，还是覆盖了整座街道。

就像十年前的那天一样。

68

那个场景真的很蠢，两个圣诞老人在停电的夜晚拿着指挥棒开始指挥交通，这种事就算对朋友说起，也不会有人相信吧？

我们在四处放了彩色警示灯，换个角度来看，也可以当成圣诞节的灯饰，有红色、绿色、蓝色、黄色。明明没有多少时间，我们还是特地放了配色艳丽的警示灯。

我们完全融入了这种幻想的气氛，还对特地停车感谢我们的情侣和其他人说了好几次“圣诞快乐”，明明我以前最讨厌这句话了。可能是这身装扮和寒冷的天气让我的脑子出了什么问题吧。

这场风雪真的很大，连睁开眼睛都很困难。因为太过寒冷，我下意识地咬紧臼齿，下巴也变得好痛，全身上下冷到我已经搞不清身上哪里穿着衣服了。

我们不得不定期拍掉警示灯和其他东西上的积雪，所以必须来回走动。说实话，我们就算被车子撞到都不奇怪。不过，由于身上穿着非常醒目的衣服，所以我们多少能活得久一些。

只有今天我会感谢这身圣诞老人的装扮。要是今天穿的是杰克南瓜装，我们毫无疑问会被撞死。圣诞老人装要是能再保暖一点就更好了，和看上去的相反，这身衣服实在没有御寒功能。真的是冷到骨子里了。

在指挥交通的时候，我一直回想着从前的柊。我不是指第一人生的事，自然而然联想到的是第二人生中和柊共有的回忆，全国高中运动会或艺术鉴赏会什么的。要搭游览车出去时，我们都没有能坐在一起的朋友，总是两个人一起坐在车子的最前方，静默不语。还有，我们会在保健室的门前等着一直不回来的保健老师。在球类大赛时，我躲进无人的教室睡觉，会发现她也一样，然后两个人一起错过了闭幕典礼。如果检查文化祭庆功宴的出席确认表，会发现勾选不参加的只有我们两个。还有毕业典礼预演那天，我们在音乐教室里成了共犯。毕业典礼那天，导师结束冗长的感言，只有我们两个马上离开了教室。上了大学后，我们一如既往没有朋友，像高中时那样，总是面无表情地坐在教室的左后方。

这些回忆不知道该算美好还是糟糕，但就像音乐一样抚慰着我。

然后，停电后大概过了二十分钟。

我们目送着那辆蓝色汽车通过。

目送着曾经的我们通过。

一直到最后，他们什么也不知道。只要我们不说，常叶和亚弥一辈子都不会知道自己是我和柊的分身，也不知道我们救了他们的性命吧。

不过，这样就好。不如说，他们两个完全没有注意到自己被救了一命，我们才会真的感到痛快。

帮助了那两个人后，我们也就达成了目的。不过，既然已经做到这个地步了，我们便决定好人做到底。在电力恢复之前，我们继续指挥着交通。

69

当电力恢复正常时，我们的身体已经像尸体一样冰冷，头发和衣服都冻住了，总觉得会感冒，得肺炎或其他毛病。虽然我们想去哪里取暖，但所有店都已经打烊。而且轮胎被大雪卡住，车子无法动弹，行李又放在百货公司里，我们束手无策。

总之，我们先把车内的暖气开到最大，等待车里的温度升高。我们连开口对话的力气都没有，只是像笨蛋一样不停地发抖。

就在那时，不知从哪里传来了时钟的声音。

指针指向十二点。

没错，就在这个瞬间，重启的人生宣告结束。

从此以后，我们也将面对完全未知的世界。

总觉得第三人生不会到来。

柊牙齿打着战，用几乎要消失的声音说道："好冷啊。"她对我露出微笑。我想，光是说出这句话就耗尽了她所有的力气吧。

"嗯，好冷。"我只回了这句话，但在说出口之后，心里产生了某种暖意。

我回想起来，这十年来自己连可以分享寒冷的对象都没有。

怎么说呢？那一瞬间，我突然有种幸福的感觉。明明那两个分身今后还是会继续占有我们的位置，我下学期的学分也已经拿不到了，父母似乎快离婚了，我没有朋友，我的妹妹很沮丧，我的好朋友好像要自杀了，而我现在冷得马上要死掉了……尽管如此，我还是觉得幸福。总觉得今后不管发生什么，大部分时候都会没问题。只要我和柊在一起，似乎也可以乐在其中。

虽然这种自信毫无依据，但越没有依据，力量会越强大。我的脑子可能有点不清楚了，不过这时的我或许比第一人生中二十岁那年的圣诞节还要幸福。

如果是这样，真的是非常了不起呢。

因为这是时隔十年的快乐圣诞节。

我用止不住颤抖的手握住柊的手，说道："我说啊，柊……"

虽然还没整理好思绪，但总觉得我必须说点什么。

"我们在这十年里失去了许多……或许也相对得到了一些东西，但比起失去的，实在微乎其微。我无法打从心底肯定这十年，我们几乎浪费了十年。"

柊一直盯着被我紧握住的手。

"但是，"我说，"看着你，我就兴起了想从头来过的想法，完全不需要回到过去。我刚刚发现了一件非常不可思议的事。看样子，我好像再次喜欢上你了。这和你在第一人生中是不是我的女朋友没有关系，真的只是喜欢在我面前的你而已……遗失的这十年该怎么说呢？不就是十几岁少年的徒劳无功吗？柊，今后为了让你能喜欢上我，我会拼命努力，就像我们两个人第一次相见时那样。”

“这可能有点难度呢。”柊微笑着，“因为我已经喜欢你喜欢得不得了了。”

真是的，真是败给她了。柊完全知道我最想听什么答案。

我轻轻地靠近柊的脸，吻了她。

我们还是老样子，动作都很僵硬，但我反而更开心了。

这样真的就像我们从头开始了一样。

70

天亮回到家里后，我完全没有睡意，心情就像重生了一般。我觉得身体比平常轻盈。我看着镜子，发现经过一个晚上后，自己的表情全变了。重生的准备已经齐全，可如果没有今天这样的日子，我连这件事都无法注意到吧。

我在房间中央拆着女朋友送我的礼物，这时床铺那头发出转动身体的动静。定睛一看，妹妹正准备起床。看样子，她又离家出走过来了。我避开她的视线，悄悄地将纸袋放在枕头边。

妹妹看到我后，睡眼惺忪地喊了一声："哥哥。"然后她又将头埋进枕头里，不过随即看到我放在枕边的礼物，慢了半拍后似乎感到非常满意，发出惊呼声并清醒过来。

妹妹从纸袋里拿出礼物，慎重地拆开包装，打开盒子拿出口琴。她悄悄地将嘴巴抵在口琴上，轻轻地吹气，然后移开嘴，再次发出惊呼声。不知是不是因为刚睡醒，妹妹暂时收起了武装的刺，身上有些第一人生里的影子。

我坐在床上，开口说道："喂……"

妹妹会在这里等我并不是偶然吧。

那么，我该说的就只有一句话："哥哥从十年后回来了。"

妹妹看起来还没睡醒，但果然还是笑着说道："欢迎回来！"

因为我太喜欢这句话了，所以一边摸着妹妹的头一边说道："我回来了。"妹妹看起来不太服气，但没有抵抗，看来她的内心似乎没有那么讨厌我的动作吧。

"哥哥从十年后回来了。"我说道，"我重新过了一遍十岁到二十岁的人生……第二人生刚开始的时候，我对今后自己将犯的过错和真正应该做的事情一清二楚。如果我有那个意思，我可以变成神童、有钱人、预言家或救世主。想过得比第一人生幸福也不是不可能，不过我一点也不想改变。只要能过着和上次一样的人生，我就心满意足了。"

妹妹眨眨眼看着我。

"我却失败了，没有重现第一人生。再怎么清楚即将发生的事，人生也不可能尽如人意。直到一切都变得太迟，我才明白这是理所当然的。等到发现的时候，我已经变成一个可怜虫，对第一人生里的我望尘莫及。不仅如此，大部分在第一人生中和我亲近的人，在第二人生中都过着不像样的日子，也就是所谓的负面连锁反应。通过这十年，我看到了因自己的大意而毁了一切的过程，感觉就像自己变成了瘟神一般……不过正因如此，我才了解到，我们应该都能变得更好才对。我了解到因为微小的差异，人会改变，也能改变。我不知道未来的终点在哪里，不过那也代表我们没道理不能获得幸福。只要丢掉'因为一直以来都是这样，以后也会一样吧'这样的想法就好。”

我闭上眼，再次睁开来说道：“从现在开始，我会再次修改一切，是时候反击了。”

妹妹还是对我说：“我听不太懂。”

“总有一天你会明白的。”我回答道。

-全书完-

后记

Postscript

重启人生

我知道在处女作的后记开头这么说非常不妥当，但我小时候不怎么喜欢小说。如果只是这样还好，但长大以后，我的这个看法也没有发生改变。

不是我无法感受小说这个媒介的魅力。就说故事而言，我觉得比起电影和漫画，小说的形式有最多发展的可能性。不过，市面上的大部分书在技术上都没有达到我心目中的标准——我倒也没有这么想。有数不清的作者是我穷尽一生也无法达到的境界。

那么，我为什么不喜欢小说呢？为了让大家产生这个疑问，我写了这样的文章。如果你读了这篇文章，如我所想的那样对我抱有这个疑问，我就可以这样回答："有人写了我期望的故事，可没有用我期望的方式来写；有人以我期望的方式来写，但没有写出我期望的故事。"

我想是自己有所误会吧。老实说，我的喜好有失偏颇，或者应该说幼稚。先不论理由，对我而言，虽然不能说世上几乎没有理想的书，但也非常接近于零，因此我这么想：与其在书海中寻找一百本里只有一本符合我偏好的书，自己来写不是快得多吗？

第一本书完成后，再回过头来看，我写的故事是否就令自己满意，符合自己的偏好呢？老实说，要评论这一点很奇怪，不过在给我提供的这段时间中，我尽了最大的努力。如果大家能感受到一点努力的痕迹，这将是我的荣幸；如果单纯什么都不想，只是享受这个故事，这将是身为作者的我无上的光荣。

三秋 缒

如果你一年的寿命只值一万日元，
你会选择出售自己的寿命吗？

◎著者·[日]三秋缒　◎绘者·[日]E9L

三日间的幸福

看来在我今后的人生里不会有好事发生了。因此，我余下的寿命被“估价”每年一万日元。对自己未来非常悲观的我，干脆将余下的寿命卖掉了大半，并想着至少让余下的一点点人生过得更幸福一些。就在我周而复始地做着徒劳无功的挣扎时，“监视员”宫城在我面前出现了……

定价：30.00元

TIANWEN KADOKAWA　轻文学 Light Literature

TK 天闻角川

◎著者：[日]细田守

电影导演细田守2018年新作，这个夏天，遇见未来未来！

未来的未来

爱撒娇的男孩小训迎来了刚出生的妹妹——未来。他觉得自己失去了父母的宠爱，内心感到迷茫不安。这时，来自未来的未来出现在他的面前。在她的引导下，小训踏上了穿越时空的旅程。与各种各样的人相遇之后，小训最终会抵达何处？

定价：48.00元

天闻角川

轻文学 Light Literature

TIANWEN KADOKAWA

口碑动画原作小说续作！

天才情报贩子遭遇生死劫！

◎著者：[日]木崎千秋　◎绘者：[日]一色箱

博多豚骨拉面 1~4 待续

榎田正在调查某个网络恐怖组织。此时，一位委托人来到马场侦探事务所，提出寻找榎田的委托。榎田与旧识再会并接下委托，再次站到诀别的过去面前。雪上加霜的是，网络恐怖组织正悄悄地朝他伸出魔爪，而林宪明和马场也被卷入其中。

定价：各35.00~38.00元

TIANWEN KADOKAWA 轻文学 Light Literature

TK天闻角川

『武装侦探社』的大危机，
将由谁来打破?!

◎著者：[日]朝雾卡夫卡

◎绘者：[日]春河35

文豪野犬 1~4 待续

侦探社一行人接受委托，来到standard岛。在他们登岛后，竟然有人准备启动异能兵器。在敦追赶敌人时，一位名叫H.G.威尔斯的异能者出现，敦不清楚她究竟是敌是友……而与此同时，幕后真凶的魔爪逼近就要查明真相的太宰！在这场横滨的灭顶之灾，“武装侦探社”的大危机中，最后将如何打破?

定价：各25.00~36.00元

TK天闻角川

轻文学 Light Literature

TIANWEN KADOKAWA

图书在版编目（CIP）数据

重启人生 / （日）三秋缒著；（日）E9L绘；洪于琇译. 一 南昌：百花洲文艺出版社, 2018.12

ISBN 978-7-5500-3139-5

Ⅰ. ①重… Ⅱ. ①三… ②E… ③洪… Ⅲ. ①科学幻想小说—日本—现代 Ⅳ. ①I313.45

中国版本图书馆CIP数据核字（2018）第273801号

江西省版权局著作权合同登记号：14-2018-0104

原作名：《スターティング・オーヴァー》，作者：三秋 縋，绘者：E9L，原版设计：BEE-PEE
STARTING OVER

本书为引进版图书，为最大限度保留原作特色、尊重原作者写作习惯，故本书酌情保留了部分外来词汇。特此说明。

出 版 者	百花洲文艺出版社
社　　址	江西省南昌市红谷滩世贸路898号博能中心Ⅰ期A座20楼
邮　　编	330038
书　　名	重启人生
作　　者	［日］三秋缒
绘　　者	［日］E9L
译　　者	洪于琇
出 版 人	姚雪雪
责任编辑	袁　蓉　叶　姗
特约编辑	马佳林
美术编辑	罗智超　杨　玮
经　　销	全国新华书店
印　　刷	凸版艺彩（东莞）印刷有限公司
开　　本	890mm×1240mm　1/32
印　　张	6.56
字　　数	121千字
版　　次	2018年12月第1版
印　　次	2018年12月第1次印刷
书　　号	ISBN 978-7-5500-3139-5
定　　价	35.00元

赣版权登字：05-2018-507

联系地址：中国广州市黄埔大道中309号 羊城创意产业园 3-07C
电话：（020）38031253　传真：（020）38031252　官方网站：http://www.gztwkadokawa.com/
广州天闻角川动漫有限公司常年法律顾问：北京市盈科（广州）律师事务所